38장

리벤지

I.

“야, 그래도 결혼할 때까진 안 된다?”

“어?”

“어? 야, 인마. 너 남의 귀한 동생을 데려가기로 했으면 그전까진 잘 지켜줘야 할 거 아냐! 그래, 안 그래!”

“알았어, 알았어.”

구현진과 혼조가 투닥거리는 모습을 본 아카네가 기분 좋게 웃었다. 구현진과 혼조가 자신을 얼마나 아끼는지, 그들이 서로 얼마나 친한지 느낄 수 있어서였다.

잠시 그렇게 시간을 보낸 구현진은 어색한 웃음과 함께 아카네를 바라봤다. 눈이 마주치자 아카네는 붉어진 얼굴로 곧장 자신의 방으로 들어갔다.

"그럼 쉬세요."

다음 날 구현진은 곧바로 감독실로 향했다.

"잘 갔다 왔어?"

"네, 감독님."

"컨디션은 어때?"

"최고예요. 내일 당장에라도 선발로 나설 수 있어요. 전 준비되어 있어요."

"아니야. 일주일 정도 쉬어도 돼."

"아닙니다. 바로 던질 수 있어요."

구현진은 자신의 생생한 팔을 돌리며 감독에게 어필했다.

마이크 오노 감독은 살짝 고민했다. 구현진이 빠듯한 일정을 소화하고 있는 것은 알았으나, 현재 팀 상황이 좋지 못했기 때문이다.

구현진이 빠지자 승승장구하던 에인절스는 연패를 거듭했다. 물론 중간중간 승을 올리긴 했으나 2위 팀이 뒤를 바짝 뒤쫓아 온 상태였다.

"가능하겠어?"

"그럼요. 바로 등판할 수 있어요. 완봉까지 할 수 있는 걸요."

그런 구현진의 강한 어필에 마이크 오노 감독이 고개를 끄덕였다.

다음 날 구현진은 바로 등판했다. 올림픽의 피로는 그 어디에서도 찾아볼 수 없었다. 여전히 강력한 패스트볼과 체인지업, 슬라이더를 구사했다.

구현진의 힘 있는 투구에 타자들 역시 힘을 보태주었다. 오랜만에 경기가 잘 풀리게 되면서 에인절스에 활력이 생겨났으며, 구현진은 그에 힘입어 완투까지 마음먹을 정도였다.

하지만 마이크 오노 감독이 급구 만류하는 바람에 7이닝을 끝으로 마운드에서 내려왔다.

올림픽 이후 메이저리그 복귀전에서 구현진은 7이닝 동안 2피안타 무실점을 했다. 탈삼진도 역시 10개를 잡아냈다. 오랜만에 타선이 폭발해 주며 7점을 쓸어 담았다.

에인절스에 있어서는 중요한 반환점이 되었다.

다음 날 지역 언론에 기사가 실렸다.

[구현진! 그가 돌아왔다!]

구현진이 복귀 후 에인절스는 또다시 승승장구했다. 약간 주춤했던 저스틴 벌랜드 역시 구위가 살아나며 전반기에 보여 주었던 강력한 원투펀치가 돌아왔다.

결국 에인절스는 리그 1위를 수성했고, 디비전 시리즈에 진출했다. 디비전 시리즈에서는 클리블랜드를 상대로 구현진, 저스틴 벌랜드, 유현진으로 이어지는 선발진의 호투와 타자들의 득점 지원으로 시리즈를 3 대 0 승리로 마무리 지었다.

그리고 챔피언 시리즈에서 만난 양키즈마저 4 대 0으로 제압하고 제일 먼저 월드 시리즈에 진출했다. 현재로서는 그 누구도 에인절스를 막을 수가 없었다. 모든 언론사가 에인절스의 월드 시리즈 우승을 확신했다.

그리고 에인절스는 운명의 상대 다저스와 월드 시리즈 우승을 놓고 또다시 다투게 되었다.

[영원한 맞수! 서부 지구의 패권! 에인절스와 다저스! 또다시 월드 시리즈에서 만나다!]

구현진이 한 언론사와의 인터뷰를 통해 선전포고를 날렸다.

"잘 만났다, 다저스!"

ESPN 스포츠 채널이 켜지고 그곳에 아나운서와 함께 스포츠 전문가들이 등장했다. 그들은 이번 월드 시리즈에 관한 이

야기를 시작했다.

"2018년에 이어 2020년에 다시 만난 에인절스와 다저스. 라이벌인 두 팀이 월드 시리즈 우승을 놓고 다시 만났습니다. 오늘 2년 만에 펼쳐지는 어게인 2018 월드 시리즈, 어떻게 생각하십니까?"

"후반기 들어서면서 어쩌면 다시 만날 수 있겠다고 생각했습니다."

"어쨌든 서부 지구는 축제 분위기입니다. 안 그렇습니까?"

"그렇습니다. 지금 팬들은 난리가 났죠. 어쨌든 2018년도에는 다저스의 우승으로 돌아갔습니다. 하지만 2020년, 올해는 어떨까요? 과연 에인절스가 리벤지에 성공할 수 있을까요? 분석을 통해 알아보도록 하겠습니다."

아나운서의 말이 끝남과 동시에 화면이 바뀌며 다저스와 에인절스에 관한 내용이 올라갔다.

[다저스]

2013년부터 2020년까지 무려 8년간 NL 서부 지구 공룡군단으로 군림하며 디비전을 제패했다. 그러나 이 중 우승은 2018년 단 한 번밖에 얻지 못했다. 챔피언 시리즈에서 번번이 무너진 다저스는 올해 역시 강력한 월드 시리즈 우승 후보 중 하나다.

"다저스는 시즌 중 트레이드를 통해 전력 보강에 들어갔죠. 유틸리티 플레이어 마이크 톨슨이 신인왕급 활약을 펼쳤고, 코드 벨린저 역시 타선에 활력을 불어넣고 있어요."

"네, 그렇습니다. 투수진 역시 괴물 커쇼와 일본인 투수 오타니 쇼이의 영입으로 강력한 원투펀치를 가지게 되었습니다. 게다가 우드까지 급성장해 선발진에서는 에인절스에게 밀리지 않아요."

"어쨌든 디비전 시리즈에서 다이아몬드백스를 꺾고, 챔피언 시리즈에서 컵스마저 꺾고 올라온 다저스입니다. 다저스 역시 탄탄한 선발진과 불펜, 마무리를 보유하고 있습니다."

"그럼 에인절스를 한번 볼까요? 젊은 에이스, 닥터 K 구현진과 전성기는 지났지만, 여전히 괴물 같은 피칭을 하는 저스틴 벌랜드, 3선발 유현진까지! 에인절스 역시 강력한 원투펀치를 소유하고 있습니다. 디비전 시리즈에서 인디언스를 3승으로 물리치고 올라왔고, 챔피언 시리즈에서 양키즈를 상대로 4승으로 깔끔하게 물리치고 올라왔습니다."

"양 팀 다 선발진에서는 절대 밀리지 않아요."

"그렇습니다. 방어율 1위인 구현진과 2위인 커쇼! 무엇보다 저스틴 벌랜드의 괴물투는 여전히 건재하죠. 뭐, 선발진으로 따지면 에인절스가 조금 유리하다고 볼 수 있습니다. 물론 거의 종이 한 장 차이라고 말할 수 있죠."

"그럼 올 시즌 상대 전적을 한번 볼까요? 총 4번을 싸웠는데 2승 2패로 동률을 이뤘어요."

"홈과 원정에서 각각 1승 1패씩 주고받았죠. 이것만 봐도 월드 시리즈에서 팽팽한 접전이 예상됩니다."

"그럼 양 팀의 장점과 약점을 확인해 보겠습니다. 먼저 에인절스의 약점과 장점은 뭐죠?"

"에인절스의 약점은 타선의 노령화입니다. 만으로 40세를 훌쩍 넘긴 푸욜이 아직 타선에 있죠. 물론 지명타자로 나오는 와중에도 0.297의 타율로 건재함을 과시하고 있습니다. 다만 후반기에 체력적으로 약한 모습을 보이며 타율이 많이 떨어지긴 했죠. 세대교체가 잘 이뤄져야 하는 것이 에인절스의 남은 숙제였습니다."

잠시 한숨을 돌린 뒤.

"하지만 올해 콜업된 신예들의 활약이 기대되는 것도 사실입니다. 조지 선더스가 매니 트라웃과 함께 타선을 이끌고 있죠."

이야기가 길어지며 다시 한번 목을 축인 그가 말을 이었다.

"에인절스의 무서운 점은 무엇보다도 선발진에 있습니다. 구현진을 필두로 한 에인절스의 투수력은 월드 시리즈에 오른 것이 증명하듯, 어마어마하다고 볼 수 있습니다."

야구 전문 위원이 말을 마치자 프로그램을 진행하는 MC가

그의 말을 간단히 정리했다.

"자, 그럼 다저스의 약점과 단점을 알아볼까요?"

"다저스는 전통적으로 선발진이 탄탄합니다. 다만 기복이 심한 타선이 약점으로 꼽힙니다. 게다가 외야진이 줄 부상을 당하면서 이로 인한 공백이 가장 큽니다. 하지만 언제든지 타선이 폭발할 수 있다는 점은 에인절스가 조심해야 할 부분입니다."

다시 아나운서가 마이크를 잡았다.

"일단 에인절스는 선발진 공백이 전혀 없죠?"

"네, 저스틴 벌랜드가 잘 던지다가 후반에 좀 지친 모습을 보였습니다. 하지만 포스트 시즌에 들어와서 구위가 좀 살아났죠. 게다가 충분한 휴식을 취했기 때문에 괜찮을 겁니다."

"그럼 대략 선발진은 어떻게 될까요?"

"에인절스의 선발진은 일단 구현진이 2선발로 예상됩니다. 포스트 시즌에서 강점을 보이는 저스틴 벌랜드가 1선발로 낙점될 가능성이 높죠. 왜냐하면 다저스는 커쇼가 1선발이고, 무엇보다 오타니 쇼이와 대결하는 것이 구현진에게 더 낫다고 판단이 됩니다."

다른 전문가들 역시 구현진을 2선발로 하는 것이 좋겠다는 의견들을 내놓았다. 무엇보다 전문가들이 가장 높게 평가하는 것은 경험이었다. 저스틴 벌랜드가 아무래도 월드 시리즈 경험이 많기 때문이었다.

“그럼 다저스는 예상대로 선발진이 나오겠죠?”

“그럴 것입니다. 1선발 커쇼, 2선발 오타니 쇼이, 3선발 우드, 4선발 유리아스 이렇게 나올 것입니다.”

“이쯤에서 양 팀 로스터를 확인해 보겠습니다.”

[다저스]

〈투수〉

선발 투수: 커쇼, 오타니 쇼이, 우드, 유리아스.

불펜 투수: 켄타, 모로우, 왓슨, 스트리폴링, 싱그라니.

마무리 투수: 잰슨.

〈야수〉

포수: 반즈, 그란달.

내야수: 벨린저, 시거, 터너, 포사이드, 컬버슨, 트리거.

외야수: 테일러, 에르난데스, 푸이그, 노멀, 토리.

[에인절스]

〈투수〉

선발 투수: 구현진, 저스틴 벌랜드, 유현진, 페페.

불펜 투수: 파커, 캠, 와그너, 파운더스, 리리아노, 해리스.

마무리 투수: 버드 노리스.

〈야수〉

포수: 혼조, 센티노.

내야수: 시몬스, 호세, 발부에나, 알드리지.

외야수: 트라웃, 루비에르, 칼훈, 보트, 와그너, 곤잘레스.

지명타자: 푸욜.

양 팀 로스터가 나오자 전문가들은 열띤 논쟁을 시작했다.

한편, 그 시각 에인절스.

마이크 오노 감독과 코치진들 역시 선발진에 대한 심각한 고민을 하고 있었다. 커다란 보드 판에 선발진 명단과 야수들의 명단이 올라와 있었다. 수석 코치가 일어나 회의를 주관했다.

"선발은 챔피언 시리즈 때처럼 운용되도록 하겠습니다."

그때 야수 코치가 의견을 내놓았다.

"월드 시리즈에서는 투수 운용을 다르게 갔으면 합니다."

야수 코치의 말에 모든 코치가 그를 바라보았다.

"어떻게 말입니까?"

"저희는 3선발 체제로 운용할 계획이지 않습니까. 월드 시리즈를 장기전으로 봤을 때, 1선발은 1, 4차전과 7차전에 연속으로 나올 수 있습니다. 물론 3일 쉬고 나와야 하는 강행군이지만, 가능한 일입니다. 그런데 이에 적합한 투수는 벌랜드밖에 없습니다. 벌랜드는 그런 경험이 많기 때문에 가능할 겁니다. 하지만 구현진은 경험이 없습니다. 만약 구현진이 1선발로 나선다면 체력적인 한계와 경험 부족으로 무너질 가능성이 높습니다."

"하지만 체력적인 면으로 봤을 때는 오히려 구현진이 좋다고 보는데요. 그의 강인한 체력은 여기 있는 모든 사람이 잘 알지 않습니까.

투수코치가 나서며 말했다. 야수 코치 역시 곧바로 맞받아쳤다.

"그건 그렇지만 아무래도 경험에 의한 노련함은 따라갈 수 없죠. 특히 월드 시리즈와 같은 큰 경기에서는 말입니다."

"따지고 보면 구현진 역시 경험이 있습니다."

"물론 알고 있습니다. 잘 던진 것도 알지만 더 안전하게 가자는 것이죠. 이미 검증된 투수와 검증이 필요한 투수를 둔다면 누굴 선택하는 게 옳을까요?"

야수 코치의 말에 코치 대부분이 고개를 끄덕였다. 하지만 마이크 오노 감독과 투수코치는 침묵을 지켰다.

"모두의 의견은 잘 들었다. 나도 고민해 봤지만 역시 구현진이 1선발로 나서는 것이 좋을 것 같다. 벌랜드는 비록 경험이 많지만, 체력적으로 힘들다는 건 인정해야 해. 어쨌든 구현진 역시 월드 시리즈 경험이 있고, 벌랜드가 뒤를 받쳐준다면 최고의 원투펀치가 될 것 같은데 말이야."

마이크 오노 감독의 말에 코치진들은 고개를 끄덕였다. 야수 코치도 가볍게 고개를 끄덕였다. 모든 의견을 들은 수석 코치가 보드판 위에 붙어 있던 이름을 하나하나 옮겼다.

"그럼 1선발에 구현진, 2선발 저스틴 벌랜드, 3선발 유현진. 예비 페페로 하는 데 이의 없죠?"

수석 코치가 말한 후 찬찬히 코치진을 둘러보았다. 모두 입을 다문 채 말이 없었다. 침묵은 긍정을 뜻했다.

"좋습니다. 그럼 선발진은 끝이 났고, 그럼 야수들로 넘어가겠습니다."

그로부터 약 2시간 후 복도에 월드 시리즈 선수 명단이 붙었다. 토스를 하며 가볍게 어깨를 풀던 구현진의 귀에 월드 시리즈 1차전 선발로 낙점되었다는 소식이 전해졌다. 구현진의 눈빛이 반짝였다.

"커쇼와 1차전 리벤지라……."

구현진은 살짝 웃음을 내비쳤다.

저스틴 벌랜드가 복도에 붙은 선발 명단을 보고 피식 웃었다. 그리고 곧장 더그아웃으로 나갔다. 마침 그곳에 운동을 마치고 땀을 닦고 있는 구현진이 보였다. 저스틴 벌랜드가 구현진 곁으로 다가갔다.

"운동 끝났어?"

구현진이 깜짝 놀라며 고개를 돌렸다.

"어? 저스틴……."

"지금 운동 끝난 거지?"

"끝났죠."

"그럼 오늘 저녁 어때?"

"저녁요?"

"그 뭐냐…… 월드 시리즈를 위한 전야제라고 생각해."

저스틴 벌랜드가 실실 웃으며 말했다.

"전야제요? 너무 거창한 거 아니에요?"

"아무튼, 저녁에 시간 돼?"

"네, 뭐……."

"그럼 우리 집으로 와. 와이프가 맛있는 거 준비해 놓는다고 했으니까."

"정말요?"

"그래."

"알았어요."

"그래, 그럼 저녁에 봐."

저스틴 벌랜드가 구현진에게 미소를 보이고는 다시 더그아웃 뒤쪽으로 사라졌다.

구현진은 저스틴 벌랜드가 왜 자신을 저녁 식사 자리에 초대했는지 어렴풋이 알 것 같았다. 전야제라고 했지만 아무래도 긴장감을 풀어주려는 의미일 것이다. 또 저스틴 벌랜드의 월드 시리즈 경험을 얘기해 줄 것 같았다.

"네네, 그리해 주신다면야 제가 아주 감사히 잘 받아가겠습니다."

구현진이 피식 웃으며 중얼거렸다. 그때 혼조가 다가와 앉았다.

"뭘 그렇게 혼자 중얼거려?"

"아니야. 그보다 오늘 나 집에 늦게 들어가. 저녁 약속 있어."

"저녁 약속? 누구랑?"

"저스틴이랑."

"엥? 왜? 저스틴이 초대했어?"

혼조가 놀란 토끼 눈으로 물었다. 그러자 구현진이 고개를 끄덕였다.

"같이 저녁 먹자네."

"나는?"

"너는…… 이야기 없었는데?"

"그래? 알았다. 그보다 오늘 아카네가 아주 맛있는 저녁을 준비한다고 했는데……."

혼조가 자리에서 일어나며 중얼거렸다. 구현진의 표정이 살짝 굳어졌다.

"아카네한테는 잘 말해줘."

"알았다. 아무튼 잘 얻어먹고, 조언도 잘 듣고 와."

"알았어."

혼조도 퇴근을 위해 더그아웃 뒤쪽으로 이동했다. 구현진 역시 장비를 챙겨서 자리에서 일어났다.

2.

구현진은 저스틴 벌랜드의 차를 타고 이동했다. 경기장에서 약 30여 분을 정도를 달리니 거대한 저택이 눈에 들어왔다.

"와우, 집 좋네요."

"별거 아니야. 어서 들어가자."

저스틴 벌랜드가 피식 웃으며 구현진을 집 안으로 안내했다. 잠시 후 게이트 업튼이 나와서 저스틴 벌랜드를 따뜻하게 맞이했다.

"왔어요?"

두 사람은 가볍게 키스했다. 그 뒤에서 구현진이 잠깐 딴짓을 했다. 그제야 게이트 업튼의 눈에 구현진이 보였다.

“어머, 어서 와요!”

“네, 안녕하세요. 오랜만이죠?”

“못 본 사이에 더 듬직해졌네요.”

“감사합니다.”

“어서 들어오세요.”

게이트 업튼이 구현진을 집 안으로 초대했다.

집 안으로 들어서자 음식 냄새가 가득 풍겼다.

“냄새 좋네요.”

“냄새는 좋아도 맛은 장담 못 해요. 그래도 맛있게 먹어 주세요.”

“네.”

식탁에는 샐러드와 스테이크, 그 외 몇 가지 요리가 차려져 있었다. 그리고 레드 와인이 아름다운 붉은 빛을 뽐내고 있었다.

“앉으세요.”

게이트 업튼의 안내로 구현진이 자리에 앉았다. 곧바로 음식이 앞에 놓였고, 우선 식사부터 시작했다. 그사이 저스틴 벌랜드가 구현진을 향해 물었다.

“떨려?”

"안 떨리면 거짓말이죠."

"하긴 나도 그랬지. 타이거즈에 있을 때였지."

저스틴 벌랜드는 첫 메이저 풀타임을 뛰었을 때를 떠올렸다. 그때 나름 성적도 좋았다. 하물며 팀이 월드 시리즈에 진출한 상태였다.

"이제 막 메이저리그에 올라와 정규 시즌을 소화했었지. 나름 성적도 좋게 나왔어. 팀도 월드 시리즈에 진출했고 말이야. 그런데 내 자만심이 있었지. 디비전 때도 그랬고, 챔피언 때도 그랬고, 상대하는 타자마다 내 공을 치지 못하는 거야. 그래서 월드 시리즈에서도 마찬가지일 거라 생각했지. 그런데 어땠는지 알아? 완전 개 박살이 났지. 아주 탈탈 털렸어. 그게 바로 내 첫 월드 시리즈 경험이야."

구현진은 저스틴 벌랜드가 말하는 것을 찬찬히 들었다.

저스틴 벌랜드의 얘기는 계속 이어졌다.

"그 이후 난 완전히 바뀌었지. 좀 더 신중해졌고, 공 하나하나 던지는 것에 집중했어. 그랬더니 달라지더라. 금강불괴라는 타이틀도 얻고 말이야."

"그랬군요."

"그래, 네가 잘 던진다는 건 알아. 하지만 정규 시즌과와 월드 시리즈는 확실히 다르다는 것만 알아둬."

"네, 알겠습니다."

"그보다 커쇼랑 붙는데 괜찮아?"

"괜찮아요. 전 이번 기회에 꼭 리벤지할 겁니다."

구현진은 강한 자신감을 드러냈다.

"좋아, 그런 자신감은. 그 자신감만 가지고 내일 마운드에 올라가. 그리고 네가 던질 수 있는 최고의 공을 던져! 그럼 해답이 보일 거야."

"알겠어요."

"또 한 가지. 커쇼를 이길 생각으로 던지지 마. 그냥 타자 한 명, 한 명을 상대한다고 생각해. 커쇼를 신경 쓰면 너의 공을 던지지 못할 거야, 알겠지?"

"네."

"그래, 뒤는 걱정 마라. 내가 최선을 다해서 막아줄 테니까."

"알겠습니다."

그렇게 두 사람이 얘기를 나누고 있을 때 게이트 업튼이 약간 볼멘소리를 내뱉었다.

"누가 야구 선수 아니랄까 봐, 만날 야구 얘기뿐이에요?"

"그럼 야구 선수가 야구 얘기를 하지 무슨 얘기를 해?"

"그러지 말고 우리 딴 얘기해요."

"무슨 얘기?"

"으음, 여자 친구 얘기?"

게이트 업튼이 구현진을 바라보며 싱긋 웃었다. 그러자 구현진이 순간 당황한 표정을 지었다.

"하핫, 뭐야? 그런 이야기라면 나도 환영이지."

"그렇죠? 구현진 선수라면 있을 것 같은데. 어때요?"

"그건 나도 궁금하네."

저스틴 벌랜드도 구현진을 바라보았다. 월드 시리즈 얘기로 다소 무거웠던 분위기가 게이트 업튼이 끼어들면서 풀어졌다.

"여, 여자 친구요?"

"네, 여자 친구가 없으면 제가 소개해 줄까요? 저 아는 모델들 많은데."

"괘, 괜찮아요."

구현진이 어색하게 말했다. 무안한 나머지 스테이크 한 점을 썰어 입으로 가져갔다.

"어머나, 아쉽네."

게이트 업튼이 아쉬운 얼굴이 되었다. 저스틴 벌랜드도 피식 웃으며 말했다.

"아쉽기는. 커쇼를 이기기만 해도 엄청난 여성 팬들이 몰려들 텐데."

"하긴 그렇겠네."

게이트 업튼이 박수를 치며 맞장구를 쳤다.

"맞아, 나도 자기를 좋아했던 이유가 최고의 투수였기 때문이야. 한때는 금강벌괴로 불렸고."

“하긴 내가 좀 잘나가긴 했지.”

“지금도 잘해요.”

“정말?”

“그럼요.”

두 사람은 어느새 알콩달콩한 분위기를 만들었다. 그 중간에 있는 구현진은 그저 식사하는 데 집중했다. 그러면서 다른 한편으로는 이번 월드 시리즈에서 잘 던져야겠다고 생각했다.

‘커쇼만 이기면 수많은 여성 팬이……. 아, 아니야. 내가 지금 무슨 생각을.’

구현진은 고개를 세차게 흔들었다. 순간 아카네가 슬픈 표정을 지으며 바라보는 모습이 떠올랐다.

‘경기에만 집중하자! 경기에만.’

그로부터 며칠 후 월드 시리즈 1차전이 시작되었다. 에인절스는 월드 시리즈까지 한 번도 지지 않고 올라와, 홈 어드밴티지를 진즉에 확보했다.

다저스는 컵스와 접전 끝에 올라와 원정경기를 치렀다. 1차전은 구현진과 커쇼의 맞대결을 예고한 상태였다.

커쇼도 어느덧 나이가 30대 초반에 접어들었다. 그래서인지

탈삼진보다는 맞혀 잡는 유형으로 스타일을 바꾸었다. 예전처럼 빠른 공으로 윽박지르는 않고, 주로 커브로 타이밍을 빼앗고, 빠른 공으로 땅볼을 유도했다. 한층 더 노련해진 상태였다.

그러면서도 빠른 공은 여전히 98mile/h(≒157.7㎞/h)은 유지하고 있었는데, 정규 시즌 때와는 달리 포스트 시즌에서는 예전 그 특유의 모습을 보여주기 시작했다. 월드 시리즈까지 올라오는 동안 커쇼는 이닝당 1개의 삼진을 기록하며, 아직 그가 뛰어난 탈삼진 능력을 보유했음을 과시했다.

그리고 시작된 경기, 1회 초 구현진이 마운드에 올라 다저스의 1, 2, 3번 타자를 깔끔하게 처리했다. 10개의 공으로 삼진 2개에 땅볼 1개를 잡아냈다. 완벽한 피칭이었다.

공수 교대 후 커쇼가 마운드에 올랐다. 흙을 고르며 첫 타자를 상대할 준비를 마친 커쇼는 크게 호흡을 골랐다.

"후우……. 오늘은 어쨌든 길게 끌고 가야 해."

커쇼가 혼잣말을 중얼거리며 집중력을 높였다. 커쇼는 이번 1차전에서 긴 이닝을 소화할 예정이었다. 다저스의 불펜이 디비전 시리즈와 챔피언 시리즈에서 체력을 상당히 많이 소모한 상태였기 때문이다. 대부분 끝까지 가는 접전을 펼친 탓이었다.

계속해서 가동된 다저스의 불펜진은 쉬고 싶어도 쉴 수 있는 상황이 아니었다. 오늘도 불펜진들이 일찍 가동되면 월드 시리즈를 이끌어 가기 힘들 수밖에 없었다.

그래서 커쇼는 에이스로서 최선을 다하고 싶었다. 긴 이닝을 던져 불펜진에게 휴식을 주고 싶었다. 그렇기 때문에 투구 수에 신경을 써서 맞혀 잡는 스타일로 갔다.

에인절스의 타자들은 그런 줄도 모르고, 기존 디비전 시리즈와 챔피언 시리즈에서 보인 커쇼의 스타일을 따라 배팅 타이밍을 빠르게 가져갔다. 그래서 그런지 번번이 방망이 중심에 맞히지 못하고 빗맞았다.

1회 말 에인절스 타자들은 커쇼의 공을 제대로 공략하지 못하고 모두 땅볼로 아웃 되었다. 1회 커쇼가 던진 공은 7개였다.

2회 초 구현진이 마운드에 올랐다. 선두타자는 4번 벨린저였다. 혼조는 벨린저의 약점을 정확하게 파악하고 있었다. 2스트라이크로 볼 카운트를 유리하게 시작한 후 몸쪽 떨어지는 체인지업으로 헛스윙 삼진을 잡아냈다.

첫 타자를 삼진으로 잡은 구현진은 마운드에서 내려와 잠시 숨을 골랐다. 그사이 타석에는 5번 타자 푸이그가 들어섰다.

구현진은 다소 긴장한 표정으로 투구에 임했다. 일단 초구를 바깥쪽에 걸치게 던져 스트라이크를 잡았다. 2구째 공은 바깥쪽으로 바운드 되는 커브볼이었다. 혼조가 재빨리 블로킹해 공을 앞에 떨어뜨렸다.

푸이그는 방망이를 움찔했지만 휘두르진 않았다. 잠시 타석에서 벗어난 그는 이내 고개를 끄덕이곤 다시 타석에 섰다.

구현진은 혼조로부터 몸쪽 사인을 받았다. 가볍게 고개를 끄덕인 구현진이 힘껏 공을 던졌다. 그때를 같이해 푸이그의 방망이 역시 빠르게 돌아갔다.

딱!

경쾌한 타격음이 들리고 구현진의 고개가 빠르게 돌아갔다. 좌익수 방향으로 날아가는 공을 에인절스의 좌익수 루에비어가 쫓아갔다.

하지만 공은 생각보다 비거리가 길게 나갔다. 결국 펜스를 살짝 넘어가는 좌중월 솔로 홈런이 되었다. 구현진은 공이 넘어가는 것을 보고 고개를 푹 숙였다.

-넘어갔습니다. 다저스의 푸이그가 선제 솔로 홈런을 날렸습니다.

-1회 초 깔끔하게 던졌던 구현진. 2회 초 벨린저를 삼진으로 처리할 때까지는 좋았습니다. 하지만 단 하나의 실투를 놓치지 않은 푸이그가 좌중월 홈런을 만들었습니다.

-결국 고개를 떨어뜨리고 마는 구현진입니다.

구현진은 홈런을 맞고 난 후 크게 실망했다. 좀 더 몸쪽으로 붙였어야 했는데, 스트라이크를 확실하게 잡으려고 했던 것이 가운데로 조금 몰렸던 모양이었다.

"젠장……."

구현진은 허리를 숙인 채 푸이그가 홈 플레이트를 밟을 때까지 고개를 들지 않았다.

3.

구현진이 마운드의 흙을 골랐다. 솔로 홈런을 맞고 살짝 기분이 나빴지만 빨리 털어내려고 했다. 그런데 다저스의 6번 타자 포사드에게 연속으로 볼넷을 허용하며 약간 흔들리는 모습을 보였다.

그러자 곧바로 혼조를 비롯해 투수코치가 움직였다. 마운드에 내야수들이 모여들었다. 투수코치가 구현진에게 물었다.

"왜 그래? 홈런 맞은 것 때문에 그래?"

"아뇨, 잠시 컨트롤이 안 됐어요."

"그래, 어차피 지난 일이고, 정규 시즌 때도 이런 경우 있었잖아. 홈런 하나 가지고 위축되지 마. 그냥 편안하게 던져."

"알겠습니다."

"그래. 내야수들도 집중력 잃지 말고."

"네."

투수코치가 마운드를 내려가자 혼조가 구현진을 보았다.

"흔들렸지?"

"그래."

구현진은 혼조에게는 솔직하게 말했다. 혼조는 자신의 공을 직접 받았기에 알 것이기 때문이었다.

"솔직히 화가 나! 안 맞아도 될 공을 맞았으니까."

"그래도 잊어버려야지."

"알아, 정규 시즌이었다면 털어버렸을 텐데, 월드 시리즈잖아. 한 경기 한 경기가 중요할 때에……."

천하의 구현진도 어쩔 수 없었다. 그만큼 월드 시리즈라는 무게감과 제1선발이라는 중책은 구현진의 어깨를 무겁게 만들고 있었다.

"그래도 어쩔 거야. 이미 맞아버린 홈런이고, 이미 벌어진 상황인 걸. 이제부터라도 잘 막아야지."

"알았어."

"그럼 이번에는 병살로 가자."

"그래, 부탁해."

혼조가 내려가고 구현진은 7번 타자 반즈를 상대로 2스트라이크 2볼까지 갔다. 그리고 5구째 슬라이더를 반즈가 잡아당겼고 타구는 유격수 앞 땅볼이 되었다. 결국 6-4-3으로 이어지는 병살타를 만들며 이닝을 끝마쳤다.

더그아웃으로 돌아온 구현진은 흐르는 땀을 닦아냈다. 그 옆으로 저스틴 벌랜드가 다가왔다.

"홈런으로 한 점 주니까 조바심이 나?"

저스틴 벌랜드의 물음에 구현진이 솔직하게 답했다.

"네, 그러네요."

"그 마음 이해한다. 하지만 한 점 정도는 충분히 줄 수 있다고 생각해. 아니면, 한 점도 안 줄 생각이었어?"

저스틴 벌랜드의 물음에 구현진이 고개를 끄덕였다.

"솔직히 말하면…… 네, 한 점도 주고 싶지 않았어요."

"거 참, 내가 전에 우리 집에 초대해서 했던 말을 까맣게 잊어버렸구나."

저스틴 벌랜드의 말에 구현진이 눈을 반짝였다.

"한 점도 주지 않겠다는 그 맘 역시 자만심이라는 것을 몰라? 우린 지금 월드 시리즈 경기를 치르고 있어. 정규 시즌이 아니라고! 최고의 팀끼리 붙는 경기인데 어떻게 한 점도 안 줄 생각을 해? 다저스가 그리 만만한 팀이었나?"

"아, 아뇨."

"그런데 고작 홈런 하나 맞은 거 가지고 심란해하면 어떻게 해."

"……맞아요."

구현진은 인정할 수밖에 없었다. 그 모습을 본 저스틴 벌랜드가 가볍게 한숨을 내쉬었다.

“흠, 어쨌든 홈런 맞은 건 어쩔 수 없다고 치고, 지금부터가 중요해. 네가 무너지면 오늘 경기는 실패로 끝나. 1차전에서 에이스가 이런 식으로 무너져서 져버리면 시리즈에 미래는 없어. 너도 그렇게 되는 것을 원하지는 않지?”

“네.”

구현진이 강하게 대답했다.

“좋아, 지금은 네가 할 수 있는 최선을 다하는 거야. 그러다가 맞으면 어쩔 수 없는 거고. 아직 시리즈는 끝난 것이 아니야. 비록 지금은 1점을 뒤지고 있지만 네가 맞서 싸운다면 다른 선수들 역시 따라와. 그것만 명심해!”

“알겠어요.”

“좋아.”

저스틴 벌랜드는 조언을 끝내고 자리에서 일어나 자신의 자리로 돌아갔다. 그리고 경기를 관람하며 옆에 있는 동료와 이야기를 주고받았다.

마이크 오노 감독은 그런 구현진과 저스틴 벌랜드의 모습을 지켜보며 미소를 지었다. 마이크 오노 감독이 저스틴 벌랜드에게 원했던 모습이 바로 저런 것이었다. 후배를 다독여 주며 힘을 실어주는 그런 선배다운 모습 말이다.

“내가 나설 필요는 없겠군.”

마이크 오노 감독은 혼잣말하며 경기에 집중했다.

2회 말 커쇼는 안타를 하나 맞았지만, 후속타를 깔끔하게 처리하며 2회 말 역시 무실점으로 막아냈다.

3회 초 구현진이 마운드에 올랐다. 그러나 어딘지 모르게 구현진의 눈빛이 많이 달라져 있었다. 그리고 구위 역시 이전과 전혀 달랐다.

3회 초부터 구현진은 삼진 쇼를 시작했다. 커쇼 역시 이닝당 1개 꼴로 삼진을 잡아내며 에인절스의 타선을 막아냈다.

결국 1 대 0의 스코어는 7회까지 이어졌다. 커쇼는 7회 말까지 99구의 공으로 한 점도 내주지 않았다. 구현진 역시 7회 초까지 삼진 10개를 잡아내며 위력투를 펼치고 있었다.

퍼엉!

"스트라이크 아웃!"

구현진이 깔끔하게 스탠딩 삼진을 잡고 마운드를 내려갔다.

-구현진 선수 대단합니다. 삼진 11개를 잡아내며 8회 초를 막아냅니다.

-그야말로 역투를 펼치고 있어요. 과연 8회 말 커쇼가 올라올지 의문입니다.

-아, 커쇼가 마운드에 오릅니다. 그도 구현진과의 대결에서 물러설 뜻이 없어 보입니다.

커쇼가 8회 말에 오르게 하냐 마냐를 두고 로버치 감독은 고민할 수밖에 없었다. 하지만 커쇼가 강력하게 원하고 있었다. 결국 로버치 감독이 승낙했고, 커쇼가 마운드에 올랐다.

7회 말까지 커쇼는 4안타, 1사사구, 무실점 행진을 펼치고 있었다. 그야말로 완벽하게 에인절스 타선을 꽁꽁 틀어막고 있었던 것이다. 하지만 8회 말 중심 타자들이 올라오는 에인절스를 상대로 커쇼의 공이 버텨줄지 의문이었다.

에인절스의 첫 타자는 매니 트라웃이었다. 트라웃은 공을 끝까지 보았다.

펑!

"볼!"

초구 볼이 들어왔다. 2구째 역시 낮게 떨어지는 볼이었다. 2볼 상황에서, 3구째 스트라이크를 잡기 위한 공이 날아왔다. 매니 트라웃 역시 이 공을 기다렸다는 듯이 때려냈다.

딱!

공이 유격수 키를 넘겨 굴러갔다. 중견수 테일러가 서둘러 공을 잡아내려 했으나 이미 매니 트라웃이 1루 베이스를 밟고 말았다.

매니 트라웃의 안타로 에인절스가 기회를 잡았다. 노 아웃 주자 1루인 상황에서 4번 타자이자, 지명타자 푸욜이 들어섰다. 푸욜은 2번째 타석까지 삼진과 땅볼로 묶여 있었다. 그리고 맞이한 3번째 타석에서의 기회.

마이크 오노 감독의 손이 빠르게 움직였다. 번트를 대서 주자를 2루에 보내야 하지만 그러지 않았다. 푸욜을 믿고 강공으로 사인을 냈다.

커쇼는 초구, 몸쪽으로 파고드는 스트라이크를 던졌다. 푸욜의 방망이는 움직이지 않았다. 2구째 낮게 떨어지는 공이 볼이 되었다. 1스트라이크 1볼인 상황에서 2구째 공 역시 높게 들어가는 볼이 되었다.

공을 받은 커쇼가 마운드에서 잠시 내려가 로진백을 툭툭 건드렸다. 이내 마음을 정리한 그가 다시 투구판을 밟고 사인을 기다렸다. 그리고 힐끔 주자를 견제한 후 힘껏 공을 던졌다.

딱!

몸쪽으로 들어오는 공을 푸욜이 힘껏 잡아 돌렸다. 하지만 공은 3루 베이스를 크게 벗어나는 파울이 되었다.

2스트라이크 2볼인 상황에서 커쇼는 바깥쪽으로 떨어지는 커브를 던졌다. 푸욜의 방망이가 움찔했지만 역시 멈추며 볼이 되었다. 까다로운 공에 방망이가 나가지 않고, 풀 카운트를 만들었다. 푸욜의 집중력이 최고조에 올라와 있었다.

그리고 마지막 6구째 공이 날아왔다. 높은 곳에서 떨어지는 커브였다. 그냥 있다가는 스트라이크가 될 것 같았다.

'어딜!'

푸욜이 힘차게 방망이를 휘둘렀다. 공이 급격하게 떨어졌고, 방망이가 공의 윗부분을 강하게 때렸다. 공은 힘없이 유격수 방향으로 굴러갔다. 결국 더블플레이가 되면서 2아웃이 되었다. 노아웃 1루에서 순식간에 2아웃이 되어버린 것이다.

"아아아아!"

"와아아아!"

에인절스 더그아웃에서는 탄성이 흘러나왔고, 다저스의 더그아웃에서는 함성이 나왔다. 이제 어느 정도 승기가 다저스 쪽으로 넘어가는 듯했다.

하지만 그때 경쾌한 타격음이 들렸다.

딱!

구현진 역시 그 소리를 듣고 곧바로 자리에서 일어났다. 1루 베이스를 향해 뛰어가는 호세가 더그아웃 쪽으로 손가락을 가리키고 있었다.

"우오오오오!"

관중들이 자리에서 일어나며 환호성을 질렀다. 호세가 오른손을 치켜들며 베이스를 돌고 있었다. 바로 호세가 커쇼의 초구를 건드려 우중월 동점 솔로 홈런을 날린 것이었다. 더그아웃으로 들어온 호세는 동료들의 뜨거운 세레머니를 받았다.

"야, 이 자식아! 한 방 날릴 줄 알았다!"

"왜 이제야 날려!"

"굿 잡! 멋진 홈런이야!"

호세는 환한 얼굴로 구현진에게 다가가 포옹했다.

"고맙다!"

"고맙긴! 너의 승리는 내가 챙겨줄게!"

호세의 호언장담을 들으며 에인절스의 더그아웃은 뜨겁게 타올랐다.

홈런을 맞은 커쇼는 인상을 쓰며, 마운드를 거칠게 찼다.

"제기랄!"

그러고는 그다음 6번 타자를 우익수 뜬공으로 처리한 후 마운드를 내려왔다.

8회 말 극적인 동점을 만든 에인절스의 분위기는 올라갔다. 반면 다저스의 분위기는 가라앉아 있었다. 1 대 1인 상황에서 마이크 오노 감독은 이쯤에서 구현진을 교체할 생각이었다.

"이봐, 투수코치."

"네, 감독님."

"파커는 준비되어 있나?"

"네, 몸풀기는 끝이 났습니다."

"그럼 파커를 준비……."

그런데 구현진은 이닝이 종료되자마자 글러브를 챙겨 마이크 오노 감독 앞을 스치듯 지나갔다.

"어? 구?"

마이크 오노 감독이 구현진을 불렀다. 하지만 구현진의 귀에는 어떤 말도 들리지 않았다. 오직 마운드로 향해야 한다는 생각뿐이었다. 투수코치가 구현진을 잡으려고 움직였다.

"구, 구! 너 지금……."

그때 마이크 오노 감독이 투수코치의 손을 잡았다.

"감독님?"

"그냥 두게."

"하지만 구의 현재 투구수가 110개를 넘겼습니다."

"저렇게 강한 의지를 보이는데 어떻게 말리겠나. 자네도 구의 성격을 알지 않나. 일단 맡겨보자고."

"하지만 이래서는 오늘 이겨도 4차전에서 쓸 수가……."

투수코치가 난감해하며 말했지만, 마이크 오노 감독도 알고 있었다.

"그래도 일단 맡겨보자고! 저길 봐. 어떻게 내릴 수가 있겠어, 저 눈빛을 보고 말이야."

마이크 오노 감독의 말에 투수코치 역시 구현진을 보았다. 연습구를 던지는 구현진의 눈빛이 매서웠다.

"후우, 구는 언제나 저래요. 한번 발동 걸리면 앞을 보지 않아요."

"하지만 절대 실망시키지는 않지."

"알고 있습니다. 하지만 오히려 나중에 독이 되어 돌아오지는 않을지 걱정됩니다."

"그때는 우리가 조절해 주면 되겠지. 그렇게 하자고."

"알겠습니다, 감독님."

투수코치가 다시 제자리로 돌아갔다. 그사이 중계진들 역시 난리가 났다.

-9회 초에도 마운드에 오른 구! 대단합니다.

-투구수가 이미 110개를 훌쩍 넘겼어요. 그런데도 마운드에 올랐어요. 아무래도 마이크 오노 감독은 이번 경기를 구에게 맡길 모양입니다.

-네, 그렇습니다. 하지만 조금 걱정이 됩니다.

하지만 그런 중계진의 걱정과 달리 구현진은 세 타자를 깔끔하게 처리했다. 그리고 에인절스의 마지막 공격인 9회 말이 되었다.

다저스는 불펜 투수 모로이를 올렸다. 모로이는 7번 타자를 사구로 내보냈다. 8번 타자마저 좌익수 앞에 떨어지는 안타가 되면서 노아웃 주자 1, 2루를 만들었다.

다저스의 로버치 감독은 곧바로 투수를 교체했다. 모로이가 내려가고 잰슨이 올라왔다. 어떻게 해서든지 막을 생각이었다.

그리고 타석에 9번 타자 혼조가 들어섰다. 혼조 앞에 끝내기 기회가 온 것이었다. 혼조는 방망이를 강하게 움켜쥐었다.

잭슨이 초구를 던졌다. 바깥쪽 약간 위에 걸치는 스트라이크였다. 혼조는 잭슨의 커터를 보고 살짝 놀란 표정을 지었다.

'역시 커터의 무브먼트가 대단해. 일단 큰 거보다는 맞힌다는 생각으로 하자.'

혼조가 방망이를 조금 짧게 잡았다. 어떻게 해서든지 진루타를 만들 생각이었다. 2구째 헛스윙이 되었다. 역시 잭슨의 커터는 맞출 수도 없어 보였다.

그리고 3구와 4구째는 각각 볼이 되었다. 2스트라이크 2볼인 상황에서 혼조는 5구째 몸쪽으로 휘어지는 커터를 강하게 잡아당겼다.

딱!

터너가 몸을 날려 3루 베이스로 향하는 공을 잡으려 했다. 하지만 공은 터너의 글러브를 살짝 벗어나는 안타가 되었다. 3루 주루 코치가 열심히 팔을 돌렸다. 에인절스의 더그아웃 역시 벌떡 일어났다.

다저스의 좌익수 에르난데스가 달려와 공을 잡아서 힘껏 홈으로 던졌다. 하지만 2루 주자가 먼저 홈을 터치했다. 혼조의 끝내기 안타였다.

"와아아아아아!"

동료들이 환호성을 지르며 구장으로 뛰쳐나갔다. 구현진 역시 혼조의 끝내기 안타를 보고 두 팔을 높이 치켜들었다.

"호오오오조오오오!"

구현진이 홈 플레이트로 들어오는 혼조를 향해 달려 나갔다. 관중들 역시 기립하며 박수를 보내주었다.

혼조 생애 첫 끝내기 안타가 월드 시리즈에서 나온 것이었다. 그것도 다저스 최강의 마무리 투수 잰슨의 공을 때려낸 것이다. 혼조는 동료들 틈에서 생애 첫 끝내기 안타에 포효했다.

4.

[월드 시리즈 1차전 에인절스의 승리!]

[혼조의 끝내기 안타로 에인절스 2 대 1 신승을 거둬!]

[9회 완투승을 거둔 구현진!]

[구현진이 커쇼를 잡아내다!]

[구현진이 에인절스에 월드 시리즈 첫 경기 승리를 선사하다!]

[혼조의 생애 첫 끝내기 안타!]

이런 수많은 기사가 쏟아져 나왔다.

그날 저녁 혼조는 모든 동료에게서 축하를 받았다. 하물며 각종 매스컴에서도 혼조를 띄웠고, 기자들까지 줄줄이 대기했다. 친지들에게서도 축하 인사를 수십 통이나 받았다. 전화기에 불이 날 정도였다.

그날 혼조는 마치 꿈을 꾸는 듯했다. 아카네도 직접 경기장을 찾아 오빠의 끝내기 안타를 지켜보았다. 그녀의 눈에서 눈물이 흘러내렸다.

"오빠……."

아카네가 오빠를 부르며 흐느꼈다. 그리고 구현진을 보았다. 구현진 역시 9이닝 1실점 삼진 13개를 잡아내며 에인절스의 승리에 공헌했다.

무엇보다 구현진은 커쇼와의 경기에서 이겼다는 것에 기뻤다. 현장 인터뷰 대상은 당연히 구현진과 혼조였다. 혼조는 생애 첫 인터뷰였다. 아카네는 그런 두 사람을 축하해 주었다.

"두 분 모두 축하해요."

1차전을 이긴 에인절스는 다음 날 2차전을 기다렸다. 저스틴 벌랜드가 2차전 선발로 나섰다. 경기 시작 한 시간 전 구현진이 저스틴 벌랜드 곁으로 갔다. 저스틴 벌랜드는 담담한 표정으로 그라운드를 바라보고 있었다.

"컨디션은 어때요?"

구현진의 물음에 저스틴 벌랜드가 고개를 돌렸다.

"컨디션? 최고지!"

"그럼 오늘 기대해도 되겠어요?"

"맡겨둬. 기대해도 될 거야."

저스틴 벌랜드는 강한 자신감을 드러냈다. 그리고 경기가 시작되고, 글러브를 챙겨 든 저스틴 벌랜드가 구현진을 보며 말했다.

"이제 내 차례다!"

저스틴 벌랜드가 예견했던 대로 첫 이닝은 무려 탈삼진 3개를 곁들인 퍼펙트 피칭을 펼쳤다. 하지만 다저스의 2선발인 오타니 쇼이 역시 볼넷 하나만을 내준 호투를 펼쳤다.

선취점을 뽑아낸 쪽은 에인절스였다. 3회 초 선두타자인 발부에나가 안타로 나간 후 혼조의 희생번트로 주자 2루가 되었다. 그리고 에스코바가 좌중월을 가르는 2루타를 때려내며 발부에나가 득점에 성공, 선취점을 올렸다. 그 뒤로 삼진과 뜬공으로 물러나며 끝이 났다.

저스틴 벌랜드는 4회까지 노히트를 하며 투구에 집중력을 높였다. 하지만 5회에 아무도 예상하지 못한 일격을 맞았다. 바로 반즈였다. 5회 2사까지 노히트 행진을 벌이던 저스틴 벌랜드의 기록을 무참히 깨버리는 솔로 홈런을 날린 것이었다.

순간 저스틴 벌랜드가 흔들렸다. 그 틈을 놓치지 않은 다저스였다. 6회 말 2사에서 데일러가 내야 안타로 출루했다. 에인절스의 3루수 에스코바가 땅을 더듬는 사이, 발 빠른 데일러가 세이프한 것이었다. 그리고 곧이어 크리스 시거의 역전 투런 홈런이 나왔다.

결국 저스틴 벌랜드는 6회까지 3실점을 하고 내려왔다. 믿었던 저스틴 벌랜드가 무너지고 경기는 3 대 1로 뒤처지고 있었다.

에인절스는 곧바로 불펜을 가동시켰고, 7회에 와그너를 올려 불을 껐다.

그리고 8회, 다저스의 오타니 쇼이가 내려가고 모로우가 올라왔으나, 2루타와 희생 플라이를 맞아 에인절스가 한 점을 더 추격했다.

3 대 2로 뒤진 채 에인절스는 9회 말 마지막 공격을 시작했다. 어제 혼조의 끝내기 안타로 9회 말 대역전극을 펼친 에인절스는 이번에도 그러기를 바랐다.

"자자! 어제처럼 역전 가자!"

"그래, 할 수 있어!"

"역전하자!"

에인절스 더그아웃의 기세는 전혀 줄어들지 않았다.

오히려 활화산처럼 활활 타올랐다. 한 점 차로 지고 있지만, 그 누구도 오늘 경기에서 진다고 생각하지 않는 듯했다.

9회 말 마운드에는 어제 끝내기 안타를 맞았던 마무리 투수 잰슨이 올라왔다. 잰슨은 이번에는 역전을 시켜주지 않겠다는 듯 혼신을 다해 던졌다.

그 결과 1번과 2번 타자를 헛스윙 삼진으로 돌려세웠다. 9회 말 2아웃인 상황. 에인절스의 패배가 가까워져 있었다.

그러나 구원자가 등장했다. 바로 매니 트라웃이었다. 잰슨의 초구를 힘껏 걷어 올려 동점 솔로 홈런을 만든 것이었다. 다저스의 잰슨은 어제에 이어 오늘도 블론세이브를 기록하며 무너졌다.

"와아아아! 트라웃! 트라웃! 트라웃!"

경기장은 그야말로 뜨겁게 타올랐다. 3 대 3 극적인 동점을 만든 매니 트라웃은 베이스를 돌며 환호했다. 자신이 최고의 타자라는 것을 확실하게 각인하는 듯했다.

그리고 등장한 지명타자 푸욜이었다. 이번에도 블론세이브를 기록한 잰슨을 상대로 푸욜은 끝내기 백투백 홈런을 기록했다.

에인절스는 1차전에 이은 2차전 역전 끝내기로 엄청난 환호성을 들을 수 있었다.

다저스는 마무리 잰슨이 이틀 연속 블론세이브를 기록하며 침울한 상황이 되었다. 오타니 쇼이가 6이닝 1실점으로 호투했지만 믿었던 다저스의 불펜진이 역전을 허용하며 패배한 것이었다.

다저스는 적진에서 시리즈 전적 2 대 0을 기록하고 홈으로 돌아가게 되었다. 4 대 3으로 역전에 성공한 에인절스는 상승한 분위기를 안고 3, 4, 5차전이 벌어지는 다저스의 홈으로 이동했다.

2승의 에인절스는 월드 시리즈 우승까지 5부 능선에 올라선 것이었다.

반면 다저스의 언론에서는 다저스가 3, 4, 5차전을 꼭 잡아내야 우승할 수 있다고 보도했다. 이에 따라 다저스 역시 발 빠르게 움직이기 시작했다. 이미 4차전 선발 투수를 커쇼로 예약한 상태였다.

하지만 2승을 거둔 에인절스는 4차전 선발을 아직 발표하지 않았다. 일단은 하루 휴식 후 다저스 홈에서 열리는 월드 시리즈 3차전이 끝나고 난 후 발표할 생각이었다.

그리고 월드 시리즈 3차전이 열리는 다저스 홈구장.

그곳에서 에인절스의 3선발 유현진이 올라섰다. 유현진은 다저스에서만 무려 여섯 시즌을 보냈다.

그래서 그런지 다저스의 마운드에 있는 것이 그리 낯설지가 않았다. 몸을 푼 유현진 옆으로 구현진이 다가갔다.

"형, 어때요?"

"나? 컨디션 좋지!"

"이길 수 있을 것 같아요?"

"물론 이겨야지. 여기서 몇 년이나 있었는데 익숙한 걸로 따지면 충분하달까? 왠지 마음에 편하네."

"그래요? 다행이다."

"그래도 이기지 못했다고 해서 형 놀려먹기 없기다."

"에이, 제가 어떻게 형을 놀려요."

"넌 그러고도 남아, 인마."

"어쨌든 파이팅입니다. 힘내서 던지고 오세요. 최고의 피칭 기대하겠습니다!"

"알았다."

유현진이 피식 웃었다.

그리고 경기가 시작된 후 유현진은 특유의 코너워크와 능구렁이 같은 피칭으로 7이닝 동안 2실점만을 허용했다. 2실점이라고 해봤자, 6회 볼넷과 벨린저에게 맞은 투 런 홈런이 전부였다. 그 외는 모두 땅볼과 뜬공으로 타자들을 처리했다.

무엇보다 에인절스의 타력이 불을 뿜었다. 다저스는 우드를 선발로 내세웠다. 하지만 어제에 이어 오늘도 솔로 홈런을 날린 매니 트라웃. 그것을 기점으로 에인절스에서 연이어 장타가 터져 나왔다.

결국 우드는 2회를 채우지 못하고 4실점으로 강판당했다. 다저스는 공격에서도, 득점권에서 안타가 없었다. 유현진 특유의 노련함으로, 위기상황에서 나온 병살타 때문에 무너졌다. 다저스는 오늘 기록한 병살타만 무려 2개였고, 득점권에서는 무기력하게 물러났다.

결국 에인절스는 5 대 2로 승리를 거두며 시리즈 전적 3 대 0을 만들었다. 이제 1경기만 더 승리하면 2020년 월드 시리즈 우승은 에인절스에게 돌아가는 것이었다.

경기를 끝낸 유현진이 인터뷰를 마치고 원정 락커룸으로 들어갔다. 유현진은 몸을 부르르 떨며 무서워했다.

구현진이 걱정스러운 눈빛으로 물었다.

"형, 왜요? 무슨 일 있어요?"

"야야, 말도 마라! 인터뷰하는데 관중들이 얼마나 야유를 하던지 엄청 살벌하더라."

"그럴 만도 하죠. 다저스가 내리 3연패를 하고 있는데요."

"아무튼 나 진짜 무서워서 LA 시내 못 돌아다니겠다. 나 잘하면 팬들에게 돌 맞아 죽을지도 몰라."

유현진은 두 손으로 자신의 몸을 감싸며 무서워했다.

그 모습을 보며 구현진이 혀를 찼다.

"쯧쯧쯧! 그러게 왜 그렇게 잘 던져서는……. 그냥 적당히 잘 던지시지."

"와, 경기 전에 너 뭐라고 했냐? 최고의 공을 던지라면서!"

"그거야 뭐……."

구현진이 우물쭈물했다.

그런데 유현진이 곧바로 심각해지며 말했다.

"나도 우승 반지 꼭 끼고 싶다."

이것이 바로 유현진의 진심이었다. 그런 유현진의 진심을 본 구현진이 고개를 끄덕였다.

"그럼요. 형이랑 저, 꼭 우승 반지 껴요."

"그래. 이제 1승 남았지?"

"네."

"그럼 4차전에서 끝내는 건가? 너 괜찮겠어?"

유현진은 4차전 선발이 될지도 모르는 구현진을 보며 걱정스럽게 물었다.

하지만 구현진은 자신의 팔을 돌리며 말했다.

"에이, 형 저 젊잖아요. 전혀 문제없어요. 내일 저 어깨가 부서지도록 던질게요."

"아이고, 우리 에이스님. 어깨 부서지면 단장님이 울어요. 그러니까, 무리하지 말고 잘해라."

"알겠습니다."

구현진과 유현진이 웃으며 농담을 주고받고 있는 사이 마이크 오노 감독과 코치진들은 긴급회의에 들어갔다. 긴급회의의 목적은 내일 선발로 누굴 내세우냐였다.

"내일 다저스의 선발은 예고했던 대로 커쇼가 나옵니다. 그럼 예정했던 대로 구현진을 내보낼까 합니다."

"발등에 불이 떨어진 다저스가 커쇼 카드를 꺼낸 건 어찌 보면 당연한 일일 수도 있어요. 하지만 우리는 굳이 그럴 필요 없지 않나요?"

"맞습니다. 이미 3승을 했고, 무리하게 승리하려고 구현진을 내세웠는데 져버리면 어떻게 합니까? 그럼 5차전의 기세가 넘어가 버립니다."

5차전은 이미 오타니 쇼이로 내정되어 있었다.

"그렇다면 어떻게 하면 좋겠습니까?"

투수코치가 마이크 오노 감독의 눈치를 살피며 조심스럽게 얘기를 꺼냈다.

"2차전에서 오타니 쇼이의 컨디션은 매우 좋았습니다. 벌랜드를 상대로 이겼다고 볼 수 있죠. 하지만 벌랜드 역시 체력적인 부담이 큽니다. 이런 상황에서 굳이 무리해서 구현진을 투입할 필요가 있을까요? 우리에게는 페페가 남아 있어요. 그를 4차전에 투입하죠."

가만히 듣고 있던 수석 코치도 고개를 끄덕였다.

"맞습니다. 4승으로 이기는 것도 중요하지만 우리는 7차전까지 내다봐야 합니다. 물론 벌랜드와 유현진도 잘 던졌고요.

하지만 구현진이 4일 휴식 후 등판한다면 오히려 승리를 더 확실하게 가져올 수 있지 않을까요?"

다른 코치들도 수석 코치의 말에 수긍하는 듯했다. 투수코치가 곧바로 말했다.

"그럼 4차전은 페페로 가고 구현진을 5차전에 내도록 하죠. 어쨌든 벌랜드도 유현진도 좋은 모습을 보여주고 있으니까요. 6, 7차전으로 간다 해도 우승 가능성은 충분합니다."

모든 얘기를 들은 마이크 오노 감독도 투수코치의 말에 공감했다.

"그렇게 하도록 하지. 4차전 선발은 페페로 가자."

마이크 오노 감독이 이런 선택을 할 수 있었던 것은 시리즈 전적이 3승이었기 때문이었다. 4차전을 내준다고 해도 아직 여유가 있었다. 그래서 무리하게 선발진을 당겨서 보내고 싶지 않았다.

구현진에게 확실한 휴식을 준 후 출전시켜도 충분했다. 오히려 그것이 승리를 올리는 요인이 될 수 있기 때문이었다. 마이크 오노 감독은 구현진이 최고의 피칭을 하길 원했다. 그래서 4차전을 페페로 가는 것이었다.

그날 오후, 에인절스의 선발이 발표되었다. 유스메이로 페페가 내일 4차전 커쇼와 맞붙게 되었다.

그다음 날 페페가 선발로 나서며 공을 던졌다. 그러나 커쇼의 벽을 넘기에는 역부족이었다. 물론 페페도 분투했다. 6이닝 2실점을 한 것이었다.

하지만 타자들이 커쇼의 공에 꽁꽁 묶이며 점수를 뽑지 못한 것이 패인이었다. 또한 1, 2차전 블론세이브를 기록했던 잰슨이 살아 돌아오면서 깔끔하게 9회를 막아내며 다저스는 2 대 0 승리를 챙겼다.

이로써 다저스는 3연패 후 1승을 거두며 승리의 불씨를 살렸다.

[다저스의 구사일생!]

[다저스 다시 희망의 끈을 이어가다.]

이런 기사들이 올라왔고, 무엇보다 내일 있을 5차전 선발이 초미의 관심사가 되었다.

[구현진 vs 오타니 쇼이 한일 맞대결!]

모든 사람이 이 경기에 흥미를 가졌고, 에인절스의 월드 시리즈 우승이냐, 아니면 다저스의 2연승이냐를 놓고 뜨거운 논쟁이 벌이고 있었다.

5.

언론들은 그야말로 난리가 났다. 미국 현지에서도 그렇고 대한민국, 일본 언론도 연일 구현진과 오타니 쇼이의 선발 대결에 뜨거운 관심을 보내고 있었다.

[월드 시리즈 한일전, 대한민국 에이스 구현진 vs 일본 에이스 오타니 쇼이의 맞대결]

[아시아를 대표하는 두 투수의 맞대결.]

이런 제목의 기사들이 나오고 그 밑에 대한민국 네티즌들과 일본 네티즌들의 설전이 벌어졌다.

먼저 대한민국 네티즌.

└오타니 쇼이는 우리 구현진에게 쨉도 안 되지.

└그럼, 전에도 봤지? 프리미엄12와 올림픽에서 구현진에게 무너졌던 거.

└구현진 이겨라! 이건 국가 간의 대결이다!

└오타니 쇼이가 아무리 잘해도 구현진이 한 수 위!

└메이저리그 선배에게 꾸벅 절해야지. 이제 메이저 신인인 게.
└타도 일본! 이겨라 대한민국!

일본 네티즌 반응도 뜨거웠다.

└우리 일본의 보배 오타니 쇼이! 국보급 투수의 위력을 보여줘.
└절대 쉬운 볼 던지지 마!
└구현진 죽어!
└이번에 지면 절대 안 돼!
└오타니 쇼이, 너의 이도류를 보여줘. 홈런도 치고, 삼진도 많이 잡고!
└절대 방심하면 안 돼! 그래도 구현진은 메이저리그에서 최고의 투수니까.
└일본 최고의 투수 오타니 쇼이! 파이팅!
└구현진을 무너뜨려!

"하아……."

깊은 한숨 소리가 나왔다. 그 소리의 주인공은 바로 혼조였다. 혼조는 기사 아래에 달린 일본 네티즌의 반등에 절로 답답했다.

물론 일본인으로서 오타니 쇼이가 잘 던졌으면 했다. 아시아 최고의 투수라는 말을 들으며 메이저리그로 넘어온 만큼 오타니 쇼이가 잘 던지는 것도 알고 있었다.

하지만 구현진 역시 메이저리그에서 최정상 투수였다. 에인절스의 에이스이며, 메이저리그 어떤 타자도 구현진을 무시하지 않는다. 하지만 일본 네티즌들은 반응은 구현진을 죽일 기세였다.

혼조는 구현진을 옹호하는 댓글을 달고 싶었다. 그래서 몇 자 적다가 또 생각이 바뀌어, 쓰고 지우고를 반복했다.

"후우, 내가 무슨 짓을 하는 거야. 그냥 댓글을 신경 쓰지 않으면 될 것을……."

혼조는 갈등했다. 아무리 반쪽은 한국인이라고 해도 일본에서 나고 자랐다. 게다가 국적은 일본이었다. 당연히 일본을 응원해야겠지만…….

혼조가 인상을 쓰고 있을 때 구현진이 다가왔다.

"야, 뭐 해?"

"어어? 어……."

혼조가 깜짝 놀라며 말을 얼버무렸다. 그 모습을 보고 구현진이 피식 웃었다.

"왜 그래? 몰래 먹다가 들킨 사람처럼."

"아, 아니야."

"뭐 보는데?"

구현진에 노트북을 보려 했다. 그러자 혼조가 재빨리 노트

북을 닫았다.

“아무것도 아니야. 넌 신경 쓰지 마.”

혼조가 당황하며 말하자 눈치 빠른 구현진이 피식 웃었다.

“왜? 나 욕하는 댓글 있었냐?”

“요, 욕은 무슨…….”

“그럼 뭔데?”

“그냥……. 내일 경기 때문에 신경이 쓰여서.”

“그래? 내일 경기가 왜 신경 쓰여?”

“그게 말이야……. 아무것도 아니다.”

혼조는 말을 하려다가 입을 닫았다. 굳이 얘기를 꺼내는 것도 우스웠다.

“왜 말을 하다가 말아? 빨리 얘기해 봐.”

“아니야. 내일 경기를 어떻게 할지 생각 중이야.”

“이야, 많이 신경 쓰이긴 하나 보네.”

“그럼 안 그러냐? 상대 팀 투수가 오타니 쇼이인데.”

“무슨 상관이야. 난 커쇼랑도 붙었는데…….”

구현진이 툭 내뱉었다. 그 말에 혼조가 눈을 크게 떴다.

“넌 오타니 쇼이랑 붙는데 전혀 긴장이 안 돼?”

“물론 긴장되지. 그런데 굳이 누구랑 대결한다는 것을 알아야 해? 난 그냥 타자 하나하나에 신경 쓸 거야. 무엇보다 난 널 믿고 원하는 곳에 공을 던질 뿐이야. 그거면 됐잖아. 뭘 더 바라?”

"아니, 한일전이다, 국가 간의 대결이다, 뭐 이런 식으로 떠들고 있잖아. 그것에 신경 쓰이지 않아?"

"내 왼쪽 가슴에 태극마크가 달려 있다면 몰라도 여기는 메이저리그야. 월드 시리즈를 치르고 있다고. 국가 간의 대결? 그건 말을 만들어내는 걸 좋아하는 사람들이 쓰는 단어에 불과해. 일본이면 어떻고, 대한민국이면 어때? 지금은 팀의 우승을 위해 공을 던지는 선수일 뿐인데. 일일이 그런 것에 신경 쓰지 마."

"오, 역시 대인배!"

혼조가 엄지를 올리며 말했다. 그러자 구현진이 피식 웃었다.

"아무튼 난 내일 너만 믿고 던질 테니까, 잘 부탁한다. 이제 우리도 우승 반지는 껴야지!"

"그래, 알았어!"

혼조는 구현진이 내뱉은 말에 마음이 흔들렸다.

'그래! 지금 나는 에인절스 소속인데 국적이 무슨 상관이야. 난 에인절스의 일원이고, 팀의 우승을 위해 최선을 다해야 해. 이기자, 오타니 쇼이를!'

혼조는 그렇게 마음을 다잡았다.

그리고 다음 날 월드 시리즈 5차전이 벌어졌다. 오늘도 많은 관중이 다저스의 홈구장을 찾았다. 경기 시작 한 시간 전에 이미 모든 좌석이 매진되어 관중들이 들어찼다.

-오늘 구현진과 오타니 쇼이의 역사적인 맞대결이 벌어집니다. 관중석에도 태극기와 일장기가 펄럭이고 있군요. 한, 일 관중들도 많이 와 있습니다.

-LA에는 교민들이 많이 살고 있습니다. 구현진의 팬들 역시 많고요. 일본인도 많이 살고 있지요. 아무래도 오늘 맞대결을 벌인다고 하니 모두 찾아주신 것 같습니다.

다저스의 한인 팬들도 오늘만큼은 구현진을 응원하고 있었다. 한글로 된 플래카드를 흔드는 어린 꼬마 아이와 그 옆에 앉아 있는 아버지는 연신 미소를 짓고 있었다.

중계 카메라에 잡힌 또 한 명의 여자 역시 대한민국 사람이었다. 붉은색 티셔츠를 입고, 배꼽티를 만든 후 음악에 맞춰 춤을 추고 있었다.

-오호호호! 정말 섹시하군요.

-저런 식으로 구현진 선수를 응원하고 있는 것 같습니다.

-어? 그런데 한글로 된 응원 글이 있습니다. 저게 무슨 뜻이죠?

-글쎄요, 저도 잘 모르겠습니다.

그러자 곧바로 통역한 것이 올라왔다. 중계진은 그것을 보고 이야기를 나누었다.

-하하하, 조금 전 그 팻말의 내용이 바로 이거군요. '구현진, 넌 내 거야. 나랑 결혼하자!'. 구현진 선수가 본다면 좋아할 것 같은데요?

-저런 아리따운 여성에게 프로포즈를 받는 거니, 확실히 좋아하겠군요.

-하하하! 나중에 제가 따로 팻말을 받아서 구에게 전해줘야 할 것만 같습니다.

-그런데 구는 여자 친구가 있지 않나요?

-아마 있을걸요?

-SNS에 올라왔던 것 같긴 한데요.

-그럼 저 여성분은 어떻게 되나요? 만나보지도 못하고 퇴짜 맞는 건가요?

-그렇게 되는군요.

중계진이 농담하며 경기가 시작되기를 기다렸다. 그리고 잠시 후 오타니 쇼이가 마운드에 오르며 경기가 시작되었다.

-오타니 쇼이, 에인절스의 1번 타자 파누 에스코바를 상대합니다.

오타니 쇼이가 초구, 포심 패스트볼을 던졌다.

퍼엉!

"스트라이크!"

바깥쪽에 걸치는 포심 패스트볼이었다. 전광판에 선명하게 99mile/h(≒159.3㎞/h)이 찍혔다.

"오오오오!"

관중들은 초구부터 높게 찍힌 구속에 모두 놀란 표정을 지었다. 공을 건네받은 오타니 쇼이는 거만한 동작으로 로진백을 툭툭 건드렸다. 그 모습을 에인절스 더그아웃에서 지켜보던 구현진이 피식 웃었다.

"초반부터 기를 죽이겠다? 우습다, 우스워."

구현진은 썩은 미소를 날리며 오타니 쇼이에게서 관심을 껐다.

오타니 쇼이는 불같은 속구로 1번 타자 파투 에스코바를 삼진으로 잡았다. 2번 타자 안드레이 시몬스 역시 5구째 헛스윙으로 물러나고, 3번 타자 매니 트라웃도 마찬가지였다.

오타니 쇼이는 세 타자 연속 삼진을 잡아내며 유유히 마운드를 내려갔다. 그 모습을 지켜본 구현진이 옆에 있는 글러브를 낚아챘다.

"나도 질 수 없지."

구현진이 강한 눈빛으로 마운드를 향해 발을 내디뎠다.

6.

구현진 역시 1회 말을 삼자범퇴로 막아냈다. 그리고 오타니 쇼이 역시 3회까지 퍼펙트 피칭을 이어갔다. 구현진은 안타를 맞긴 하지만 위기관리 능력을 선보이며 이닝을 막아냈다.

4회 초 오타니 쇼이가 마운드에 올랐다. 그런데 3회 초 때보다 현저히 구위가 떨어진 것을 알 수 있었다.

딱!

선두타자에게 우측 안타를 맞은 후 3회까지 이어져 오던 퍼펙트가 깨어졌다. 그 뒤로 삼진과 볼넷, 그리고 다시 안타를 맞았다. 2사 1, 3루에서 혼조가 4구째 체인지업을 쳐올렸다.

딱!

순간 오타니 쇼이의 고개가 돌아갔다. 혼조 역시 날아가는 타구의 방향을 바라보았다. 모두의 시선이 타구로 향했다.

"넘어가라, 넘어가라."

1루로 향하는 혼조가 나직이 중얼거렸다. 에인절스의 더그아웃에서도 두 손을 모으며 간절히 기도했다. 다저스 선수들은 넘어가지 말라며 빌었다.

다저스의 중견수 데일러가 워닝트랙까지 뛰어갔다. 그리고 타구를 바라보며 글러브를 들었다. 공은 더 이상 뻗지 못하고 데일러의 글러브 속으로 들어갔다.

"오오오오!"

관중들이 낮은 탄식을 흘렸다. 2루까지 갔던 혼조가 머리를 잡으며 안타까워했다. 에인절스 선수들 모두 아쉬움에 탄식을 내뱉었다.

"으아아아, 조금만 뻗었으면 됐는데."

"아, 아깝다!"

한편 오타니 쇼이는 안도의 한숨을 내쉬었다.

"후우, 큰일 날 뻔했네."

오타니 쇼이는 정말이지 넘어가는 줄 알았다. 그나마 힘이 떨어져 워닝트랙에서 잡히지 않았으면 홈런이 될 뻔했다.

오타니 쇼이가 천천히 더그아웃으로 향했다. 다저스의 투수코치가 로버치 감독에게 다가갔다.

"감독님, 4회부터 안타를 맞기 시작했습니다. 구위 역시 3회보다 현저히 떨어졌고요. 아무래도 불펜을 대기시켜야 하지 않겠습니까?"

투수코치의 물음에 로버치 감독이 생각에 잠겼다. 지금 상황에서는 오타니 쇼이만큼 던지는 투수가 없었다. 더군다나 과부하가 걸린 불펜을 조기에 투입시킬 상황도 아니었다.

"일단 좀 더 지켜보도록 하지."

"하지만……."

투수코치가 고개를 끄덕였다.

"알겠습니다."

그 뒤로 오타니 쇼이는 5회도 간신히 틀어막았다. 그리고 6회 투구 후 오타니 쇼이는 부쩍 힘들어하고 있었다. 그도 그럴 것이 오타니 쇼이는 3일 휴식 후 등판했었다. 처음에는 그나마 힘이 남아 있었지만, 투구수가 점점 늘어날수록 힘에 부칠 수밖에 없었다.

반면 구현진은 1회 초와 6회 말까지 꾸준히 구위를 유지하며 삼진을 잡아내고 있었다.

오타니 쇼이가 땀을 흥건히 흘렸다. 호흡도 다소 거칠었다. 수건으로 땀을 훔치는 사이 로버치 감독이 다가왔다.

"어때? 힘드나?"

"네, 조금 힘듭니다."

"하지만 못 던질 상황은 아니지?"

로버치 감독의 물음에 오타니 쇼이가 고개를 끄덕였다.

"네, 아직 괜찮습니다."

"그래, 7회까지만 막아줘. 그럼 돼."

"알겠습니다."

"그래, 부탁하네."

오타니 쇼이는 힘들지만 로버치 감독의 믿는다는 말에 고개를 끄덕였다.

로버치 감독이 자신의 자리로 돌아왔다. 그는 지금 당장에라도 오타니 쇼이를 교체해 주고 싶었다. 하지만 현재 상황에서는 오타니 쇼이에게 기댈 수밖에 없었다. 어쨌든 오늘 경기에 지면 끝이었다. 로버치 감독의 표정이 굳어졌다.

그러는 사이 다저스의 타자들은 연신 구현진의 공에 헛방망이질하고 있었다.

'후우, 내가 이렇게 힘들게 막고 있는데……. 이쯤 되면 점수를 뽑아줘야 하는 거 아냐?'

오타니 쇼이는 너무 힘이 드는데 점수를 뽑지 못하는 다저스 타자들이 원망스러웠다. 그렇다고 신인이 '점수 좀 뽑아줘요'라고 건방지게 말할 수도 없는 노릇이었다.

그러는 사이 구현진은 6회 말마저 삼자범퇴로 깔끔하게 막아냈다. 오타니 쇼이가 힘겹게 글러브를 집어 들었다.

구현진은 더그아웃에 들어왔다. 그러자 에인절스 타자들이 우르르 구현진에게 다가갔다.

"괜찮아?"

"괜찮아요."

"미안하다, 우리가 점수를 뽑아줘야 하는데 그러지 못해서."

"맞아, 나도 안타 못 쳤는데 되게 미안하네."

호세 역시 미안한 표정으로 구현진에게 말했다. 구현진이 그런 호세를 보았다.

"야, 그건 맞는 말이네. 넌 안타 하나는 쳐줘야 하는 거 아냐? 뭐야? 삼진 2개에 땅볼 1개? 지금 장난해?"

구현진이 호세를 보며 버럭 소리쳤다. 그러자 호세가 억울한 표정을 지었다.

"야, 너무하다. 다른 타자들에게는 좋게 말하고 나한테는 왜 이래? 서운해."

호세가 울먹이자 구현진이 피식 웃었다.

"야야, 농담이야. 농담! 열심히 하는 걸 내가 왜 모르냐?"

"그러냐?"

호세는 언제 그랬냐는 듯 또다시 환한 얼굴이 되었다.

"그보다 오타니 쇼이, 저 녀석 구위가 많이 떨어졌지?"

"많이 떨어졌어. 그런데 아직 무브먼트는 살아 있더라. 홈 플레이트 앞에서 변화가 심해. 힘이 떨어지니까 변화구로 맞서더라고."

"그렇구나. 그래도 언젠가는 지치겠지."

구현진이 밝은 모습으로 대답했다. 호세 역시 고개를 끄덕였다.

"그럼~ 우리에겐 아직 2회가 더 남아 있으니까. 꼭 하나 칠게."

"그래, 내가 한 점도 안 주고 버틸 테니까 편안하게 쳐."

호세가 피식 웃었다. 그리고 에인절스 타자들을 향해 소리쳤다.

"선배님들 들었죠? 우리 현진이가 한 점도 안 준대요. 그럼 우리는 한 점만 뽑으면 된다는 겁니다. 한 점 정도는 뽑을 수 있잖습니까?"

"그럼!"

"당연하지!"

"한 점 정도야 누워서 떡 먹기지."

"내가 한 점 뽑는다."

에인절스 타자들은 서로 한 점을 뽑겠다고 소리쳤다. 구현진의 그 한마디가 에인절스의 타자들에게 큰 힘을 북돋아주고 있었다. 다저스와 에인절스의 더그아웃 분위기는 상반되어 있었다. 마치 3승과 3패를 한 것 같은 분위기였다.

그리고 7회 초 오타니 쇼이의 실투가 날아 들어갔다.

딱!

매니 트라웃이 방망이를 던졌다.

오타니 쇼이는 뒤도 돌아보지 않고 표정이 굳었다. 타구는 쭉쭉 뻗어가 중월 솔로 홈런이 되었다. 오타니 쇼이가 고개를 떨어뜨렸다. 다저스의 로버치 감독 역시 표정이 굳어졌다.

매니 트라웃이 주먹을 불끈 쥐며 베이스를 돌았다. 관중들의 환호성이 울려 퍼졌고, 에인절스의 더그아웃은 그야말로 축제 분위기였다.

"우오오오!"

"이야호!"

홈런을 치고 들어온 매니 트라웃을 뜨겁게 반겼다. 마지막으로 매니 트라웃이 구현진을 바라보며 말했다.

"네가 말한 대로 한 점 뽑았다!"

"후훗, 그럼 9회까지 내가 한 점도 주지 않으면 되겠네요."

매니 트라웃과 하이 파이브를 나눈 구현진이 씩 웃으며 말했다. 그러고는 글러브를 집어 들고 마운드로 향했다.

7회 말 구현진의 투구에 더욱 힘이 붙었다. 타자들이 한 점을 뽑아줘서 그런 것일까? 구현진의 구위가 더욱 날카로워졌다.

펑!

"스트라이크! 아웃!"

삼진을 잡아내고, 3루 측 파울 플라이로 아웃. 그리고 2루수 팝플라이 아웃까지. 구현진의 구위에 다저스의 타자들이 꼼짝을 못 했다.

8회 말에도 마찬가지였다. 깔끔하기 삼자범퇴로 처리한 후 마지막 9회 말을 남겨두었다.

마이크 오노 감독이 구현진에게 다가갔다.

"현재까지 투구수는 97개야. 9회 말도 책임지고 싶지?"

"네, 감독님! 꼭 던지고 싶습니다."

"후후, 알았다. 네가 마무리 짓고 와."

"감사합니다."

구현진 글러브를 챙겨 들고 더그아웃을 나섰다. 구현진을 바라보는 에인절스의 선수들 눈빛에는 강한 믿음이 있었다. 구현진이 9회 말도 막아 에인절스에 승리를 안겨다 줄 것만 같은 강한 믿음 말이다.

퍼엉!

초구가 미트에 꽂혔다.

[101mile/h(≒162.5㎞/h)]

전광판에 찍힌 구속이 101마일이 나왔다. 관중들은 놀라움에 탄성을 흘렸다.

"오오오오!"

반면 다저스의 로버치 감독은 절망의 눈빛이 되었다.

"아, 아직까지 힘이 있다는 거야?"

또다시 빠른 속구가 미트에 꽂혔다.

펑!

이번에도 100mile/h(≒160.9㎞/h)이 찍혔다. 관중, 중계진 각

팀 선수단 모두 연신 놀라고 있었다.

타석에 있는 타자들은 감히 방망이를 휘두를 생각조차 못 하고 있었다. 그러다 89mile/h(≒143.2㎞/h)의 체인지업이 날아와 뚝 떨어지자 타자들은 헛스윙할 수밖에 없었다. 패스트볼과 체인지업의 구속 차이가 무려 10마일이나 났다. 그 구속 차이에 타자들은 속수무책이었다.

두 타자 연속 삼진으로 잡은 구현진은 2아웃을 잡은 상황에서 세 번째 타자를 상대했다. 구현진은 초구, 99mile/h(≒159.3㎞/h)의 포심 패스트볼로 스트라이크를 잡았다. 2구째 커브로 타이밍을 뺏은 후 다시 몸쪽으로 강하게 들어가는 패스트볼을 던졌다.

퍼엉!

요란한 미트 소리가 들려왔다. 하지만 주심의 손은 올라가지 않았다. 4구째 바깥쪽으로 떨어지는 체인지업에 방망이가 따라왔다.

딱!

간신히 걷어 올린 타구가 1루 쪽으로 높이 치솟았다. 구현진이 곧바로 손가락을 올려 타구 방향을 가리켰다. 1루수 발부에나가 두 팔을 휘휘 저으며 마이볼을 외쳤다. 그리고 공을 두 손으로 안전하게 잡은 후 환호성을 내질렀다.

"우오오오오!"

혼조가 구현진을 향해 뛰어갔다. 외야수가 달려왔고, 에인절스 더그아웃에 있던 선수들까지 그라운드로 뛰어 들어갔다. 스코어 1 대 0. 구현진의 완봉승으로 에인절스가 2020년 대망의 월드 시리즈 챔피언에 올랐다. 시리즈 전적 4승 1패로 말이다.

"이겼다! 우리가 챔피언이다!"

구현진이 두 팔을 높이 들며 소리쳤다. 관중들 역시 기립박수를 치며 월드 시리즈에서 우승한 에인절스를 아낌없이 축하했다. 반면 다저스는 자신들의 안방에서 월드 시리즈 우승을 내줘야 했다.

[월드 시리즈 5차전 구현진 완봉승! 탈삼진 15개로 월드 시리즈 최다 탈삼진 기록!]

이것이 시작이었다. 클럽 하우스에서는 우승 샴페인이 터졌다. 피터 레이놀 단장이 월드 시리즈 우승 트로피를 가져왔고, 그것을 한 명씩 들어 보며 우승을 자축했다.

피터 레이놀 단장은 곧장 구현진을 찾았다.

"고맙네. 나에게 월드 시리즈 우승 트로피를 안겨줘서 정말 고맙네."

그는 그렇게 말하곤 구현진을 안았다. 구현진 역시 미소를 지으며 말했다.

"단장님께서 절 믿어주셨기 때문에 가능했습니다. 감사합니다."

두 사람이 포옹하고 있을 때 주위로 혼조와 호세가 다가왔다. 그들의 양손에는 샴페인이 들려 있었다.

"자, 다 같이 우승을 즐겨봅시다."

그 말을 외침과 동시에 두 사람은 피터 레이놀 단장과 구현진에게 샴페인을 뿌리기 시작했다.

"나도 가만히 있지 않겠어."

구현진 역시 샴페인 한 병을 들어 열심히 흔들었다. 그리고 그날 월드 시리즈 MVP가 발표되었다.

[월드 시리즈 MVP 구현진!]

39장
계약(1)

I.

월드 시리즈 우승 팀 에인절스!

그들의 우승 하이라이트 동영상이 실시간으로 퍼지며 엄청난 조회수를 자랑했다. 무엇보다 선수들과 그 가족들이 운동장으로 내려와 함께 기뻐하는 모습은 절로 눈시울이 젖을 정도였다.

우승 하이라이트 동영상 다음으로 높은 조회 수를 기록한 영상이 있었다. 그것은 바로 에인절스의 에이스 구현진의 프러포즈 영상이었다. 그 영상은 순식간에 퍼졌고, 구현진을 좋아했던 수많은 여성 팬을 패닉에 빠뜨렸다.

ㄴ구현진! 너 어쩜 그럴 수 있니! 날 버리고 딴 여자랑……. 흐흑! 미워! 미워할 거야.

ㄴ이거 실화임? 내가 잘못 보고 있는 건 아니지?

ㄴ어쩜 저래? 어떻게…… 이건 말도 안 돼!

ㄴ이건 진짜 최악이야! 이건 아닌 것 같애!

ㄴ구현진 돌아와! 제발 돌아와!

ㄴ아, 님은 갔습니다. 사랑하는 나의 님은 갔습니다.

ㄴ…….

프러포즈 동영상의 댓글 창은 절규하는 여성 팬들의 댓글로 가득했다. 그러거나 말거나 구현진과 아카네는 집에서 그 동영상을 보며 쑥스러워하고 있었다.

"내가 정말 이랬어? 정말 이랬냐고!"

"어멋! 오빠, 후회하는 거예요? 정말요?"

"아, 아니야. 후회는 무슨…… 절대 아니야."

"그보다 오빠, 이거 참 예쁘다."

아카네는 왼손 약지에 끼워진 반지를 하염없이 바라봤다. 몇 캐럿짜리 다이아몬드 반지는 아니었다. 그냥 평범한 반지였다. 어찌 보면 너무 평범한 게 아니냐고 말할 수 있을지도 몰랐다.

하지만 아카네는 반지를 뚫어져라 바라보았다. 입가에서는 미소가 떠나가지 않았다.

“그렇게 좋아?”

“네! 너무 좋아요.”

“좋아해서 다행이야.”

“그런데 오빠.”

“왜?”

“어떻게 거기서 프러포즈할 생각을 하셨어요?”

“어어, 그게…….”

구현진은 오래전부터 생각했었다. 만약 월드 시리즈에서 우승한다면 그 자리에서 꼭 프러포즈하겠다고 말이다. 그래서 생방송 인터뷰에서 우승 소감을 밝히던 구현진이 앞에 있는 아카네를 바라보았다.

“지금, 전 제 인생에서 가장 큰 행복을 찾아가려고 합니다.”

그리고 아카네 앞으로 다가갔다.

“아카네, 너는 나를 세상에서 가장 행복한 사람으로 만들어 주고 있어. 나랑 결혼해 줄래?”

아카네는 뜻밖의 프러포즈에 당황하면서도 감격했다. 두 손으로 입을 감싸며 눈물을 흘렸다. 구현진은 다가가 아카네를 살포시 안아주며 주머니에서 반지를 꺼냈다. 그러고는 아카네 앞에 무릎을 꿇고 말했다.

"받아줄래?"

아카네는 한가득 눈물을 흘리며 고개를 끄덕였다. 구현진은 반지를 빼내 아카네의 왼쪽 약지에 끼워주었다. 혼조는 미소를 띠고 그 모습을 흐뭇하게 바라보고 있었다.

"오빠!"

아카네의 부름에 구현진이 상념에서 깨어났다.

"왜?"

"왜 대답을 안 해줘요?"

"어? 미안, 뭐라고 했지?"

"아니, 왜 거기서 프러포즈할 생각을 하셨냐고요."

"월드 시리즈 우승을 하면 프러포즈할 생각이었어. 그리고 마침 내 앞에 아카네, 네가 있었고."

아카네는 다시 그때의 일이 떠오르는지 구현진을 살며시 안았다.

"고마워요, 오빠. 정말 고마워요."

"아니야, 오히려 내가 고맙지. 날 좋아해 줘서 고맙고, 사랑해 줘서 고마워."

구현진 역시 아카네를 강하게 끌어안았다. 그리고 두 사람이 살며시 떨어졌다. 두 눈이 마주쳤다. 두 사람의 얼굴이 천천히 다가갔다. 서로의 입술이 닿으려고 할 때 초인종 소리가 들려왔다.

띵동!

순간 두 사람은 화들짝 놀라며 떨어졌다. 아카네는 부끄러운지 얼굴을 붉힌 채 어쩔 줄을 몰라 했다.

"소, 손님이 왔나 봐요."

"어, 어 그런가 보네. 타이밍 한번……."

구현진이 인상을 쓰며 나직이 말했다. 그리고 자리에서 일어나 현관 쪽으로 향했다. 문을 열자 그 앞에 박동희 에이전트가 서 있었다.

"어? 형…… 어쩐 일이에요?"

"무슨 일은……. 나 들어가도 되냐?"

"그럼요. 들어오세요."

박동희가 안으로 들어가자 아카네가 수줍게 인사했다.

"오셨어요."

"아, 예."

그리고 박동희가 미소를 지으며 말했다.

"축하드립니다."

"감사합니다."

아카네가 밝게 답했다.

"그보다 형, 무슨 일이에요?"

"무슨 일은. 네가 그 난리는 쳤는데 내가 가만히 있을 수 있냐?"

박동희가 소파로 가서 앉았다. 그 앞에 구현진과 아카네가 앉았다. 아카네가 걱정스러운 표정으로 물었다.

"왜요? 무슨 안 좋은 일이라도 있어요?"

"하핫, 아닙니다. 여기저기서 인터뷰 요청이 끊이지 않아서요. 그거 정리하고 오느라……."

"아……."

아카네는 안심하며, 고개를 끄덕였다. 그 모습에 박동희가 피식 웃었다.

"그보다 이 녀석이 큰일 났어요."

"네? 오빠가요?"

"형, 왜요? 무슨 일이에요?"

"너, 인마! 이제 여성 팬 다 떨어져 나가게 생겼어! 이제 어떻게 할 거야?"

"난 또 뭐라고. 전 아카네만 있으면 돼요. 야구만 열심히 하다 보면 팬들도 알아줄 거예요."

구현진이 아카네의 손을 잡았다. 아카네 역시 뜨거운 눈길로 구현진을 바라보았다. 박동희는 그런 두 사람을 보며 어이없는 표정을 지었다.

"내 앞에서는 좀 자제해 줄래?"

그러자 아카네가 황급히 자세를 잡으며 말했다.

"죄송해요."

"아, 아닙니다. 농담 좀 했어요."

박동희가 어색하게 웃었다. 그러자 구현진이 한마디 툭 내뱉었다.

"그보다 형, 진짜 어쩐 일인데요?"

"아, 맞다! 이번에 너 광고 엄청 많이 들어왔다."

"오오, 그래요? 정말 많이 들어왔어요?"

"그래, 이번에 한국 돌아가면 많이 바쁠 거야."

"히힛, 그렇구나."

구현진은 기분이 좋은지 입가에 웃음꽃이 가득했다. 그 모습을 본 박동희가 미소를 지었다. 구현진이 저렇게 기분 좋은 것은 다 이유가 있기 때문이었다.

"너, 광고 때문에 좋은 게 아닌 것 같은데."

"무슨 말이에요?"

"아카네와 결혼할 생각 하니 기분 좋은 거지?"

"어? 어떻게 알았지? 많이 티 나요?"

"그래, 인마! 엄청 티나!"

"헤헤헤."

구현진은 바보같이 웃음을 흘렸다. 박동희는 그런 구현진의 모습에 그저 웃음만 지었다. 아카네는 부끄러움에 고개만 푹 숙였다.

"그건 그렇고 결혼식 날짜는 잡았어?"

"결혼식 날짜? 아니, 아직……. 하지만 허락은 받았어요. 이제 일본 가서 정식으로 인사를 드려야죠."

구현진을 그렇게 말하면서 옆에 앉은 아카네의 손을 살며시 잡았다.

"그래? 결혼식은 언제쯤 생각하는데?"

"최대한 빨리해야죠. 내년 시즌 전에 하려고요."

"그럼 준비하려면 바쁘겠다."

"그렇겠죠, 뭐."

"날짜만 잡아. 나머지는 형이 알아서 준비해 줄 테니까."

"고마워요, 형."

"그건 그렇고, 현진아."

"네, 말해요."

"너에게 긴히 할 말이 있어."

"또? 무슨 일인데 이렇게 조심스러워요."

박동희가 아카네를 슬쩍 바라보았다. 그러자 아카네가 곧바로 자리에서 일어났다.

"전 식사 준비할게요. 두 분 말씀 나누세요."

아카네가 눈치껏 자리를 피해주었다. 아카네가 가고 구현진이 박동희를 보며 물었다.

"무슨 말이기에 아카네까지 쫓아내요."

"너…… 에인절스랑 재계약 어떻게 생각하냐?"
"에이, 생각은 무슨 생각이에요. 당연히 해야지. 아직 FA 되려면 멀었잖아요."

<메이저리그 FA제도>
MLB는 서비스 타임 6년을 소화한 경우 FA 자격이 부여된다. 1시즌의 서비스 타임은 172일로 계산된다. 서비스 타임은 25인 로스터와 부상자 명단을 비롯한 각종 출전 정지 명단에 등재된 기간을 의미한다.

구현진은 별일 아니라는 듯 툭 내뱉었다.
하지만 박동희의 표정은 그 어느 때보다 진지했다.
"너 작년 연봉이 얼마였는지는 알지?"
"50만 7천 달러였을걸요."
"맞아, 메이저리그 최저 연봉을 받았어. 한화로 약 5억 6천 정도지. 그리고 6년을 뛰어야 FA 자격이 주어지는 건 알지?"
"네."
"그럼 지금부터 형이 하는 말을 잘 들어."
박동희가 자세를 잡으며 이야기를 시작했다.
"올해까지 넌 메이저리그 풀타임 3년째를 보냈어. 그리고 내년부터는 4년 차야. 메이저리그는 3년 단위로 신분이 바뀌어.

그러니까, 메이저리그 계약 첫날을 기준으로 3년 동안은 팀이 소유권을 완전히 포기하지 않는 한 어떤 경우에라도 에인절스 소속이라는 거지."

구현진은 박동희 말을 진지하게 듣기 시작했다. 박동희는 계속해서 말을 이어갔다.

"그런데 말이야. 메이저리그 경력이 3시즌 이상 되면 연봉 조정을 할 수 있는 권리를 얻게 돼. 3년 차부터 3년간 연봉 조정 기간을 거쳐 6년 차에 이르면 FA 자격을 획득하게 된다는 거지."

"그러니까, 형 말은 제가 지금 연봉 조정을 할 수 있는 자격을 얻었다는 말이 되는 거네요."

"맞아. 지금보다 연봉을 더 많이 받을 수 있다는 거지. 그거야 구단에서 연봉을 적게 줬을 때 네가 연봉 조정 신청을 하는 경우지. 어쨌든 구단에서는 연봉을 적게 주려고 할 테니까 피할 수는 없을 거야."

"그렇구나."

구현진이 고개를 끄덕였다.

"어쨌든 넌 지금부터 구단과 연봉 협상을 할 수 있어. 그런데 만약에 말이야 최종 시한까지 서로 의견이 맞지 않으면 그때 분쟁 조정 심판을 하게 돼. 이 재판을 통해 선수 혹은 구단 중 한편의 요구를 들어주게 되어 있어."

"그래? 그냥 서로 합의를 보고 적당한 연봉에 합의하면 되지 않나?"

"잘 생각해 봐. 능력만큼 받는 건 당연한 일이야. 하지만 너의 가치와 능력은 네가 생각보다 높아. 네가 고액 연봉을 받아야 하는 건 당연한 일이야. 그러나 구단에서는 어쩔 수 없이 그들 입장에서의 효율적인 운영을 하려 해. 돈을 적게 주고, 높은 성과를 원하지. 과연 선수랑 의견이 맞을까?"

"그건 그러네요."

"그리고 분쟁 중일 때 중간은 없어. 심판이 끝나면 협상을 통한 타협 같은 것도 불가능해. 물론 판결이 내려지기 직전까지 언제든지 팀과 선수 간의 협상이 가능하기도 하고, 협상이 완료되면 그 재판을 철회할 수 있어."

"그럼 되겠네요."

"내가 말했잖아. 구단에서는 어떻게든 돈을 적게 줄 방법을 생각한다고. 우린 프로니까, 어떻게든 돈을 많이 받길 원하고 말이야. 어쨌든, 연봉 조정 신청을 구단에서 거부할 수도 있어. 물론 이건 극히 드문 경우인데, 아무튼 그리되면 소속 팀이 선수에 대한 소유권을 포기한 것으로 간주해. 그럼 넌 FA로 풀리게 되고 또한, 연봉 조정 신청 대상자에 대해 구단이 보류 조항을 포기할 경우 그 선수는 논텐더로 즉시 FA가 되기도 하고 말이야."

"아, 그렇구나!"

구현진은 박동희 얘기를 듣고 고개를 끄덕였다.

"그럼 구단에서 날 포기하면 자연스럽게 FA가 된다는 거네요."

"그렇지!"

"에이, 설마 구단에서 날 포기하지는 않겠죠."

"야, 팀의 에이스를 누가 포기해! 어떻게든 붙잡으려고 하지."

"아, 그럼 됐네요."

구현진의 표정이 한층 밝아졌다. 그런데 박동희의 표정이 좋지 않았다.

"그런데 여기서 약간의 문제가 있어."

"무슨 문제?"

"넌 메이저리그 풀타임 3년 차지만 서비스 타임에 약간 문제가 있어."

"서비스 타임에 문제라니요?"

"내가 초반에도 말했는지 모르겠지만 메이저리그 1시즌의 서비스 타임은 172일로 계산된다고."

"그런데요?"

"그런데 네가 올림픽 동안 빠져서 서비스 타임을 다 채우지 못했어. 그것도 딱 하루 차이로 말이야."

"그, 그게 무슨 말이에요?"

구현진이 놀란 얼굴로 물었다. 그러자 박동희가 찬찬히 대답했다.

"그러니까, 올해 네가 올림픽에 차출되는 바람에 메이저리그 로스터에서 빠졌잖아. 그래서 서비스 타임을 다 채우지 못했어. 하루 차이로 말이야."

"그, 그럼 올해는 연봉 조정 신청을 할 수 없는 거네요?"

"그렇지, 넌 연봉 조정 기간이 3년이 아니라 4년이 되어버리는 것이지."

"그럼 내년에도 구단이 주는 연봉을 받아야 하는 거네. 많이 아쉽다."

구현진은 잔뜩 실망한 얼굴이 되었다. 하지만 박동희는 뭔가 믿는 구석이 있는지 피식 웃었다.

"그런데 그게 꼭 그렇지만도 않아."

"형, 그게 무슨 말이야?"

"혹시 너 슈퍼 2조항이라고 들어봤어?"

"슈퍼 2조항?"

"그래!"

박동희 처음으로 입가에 미소를 지었다. 구현진은 고개를 갸웃하며 무슨 말인지 설명을 구하고 있었다.

2.

아카네가 내온 따뜻한 차를 두 사람이 한 모금씩 마셨다. 구현진은 찻잔을 내려놓고 잠시 생각에 잠겼다. 구현진은 단 하루 차이로 연봉 조정 신청을 할 수 없다는 말에 조금 실망했다.

이제 결혼도 해야 하는데 이래저래 돈이 많이 들어갈 것 같았다. 그래서 이번 연봉 조정 신청을 통해 어느 정도 해결할 생각이었다. 그런데 현실적으로 어려울 수 있다니 아쉬웠다. 물론 겉으로는 내색하지 않으려 했다.

"그럼 내년에도 어쩔 수 없이 구단에서 주는 대로 받아야겠네요?"

"물론 너처럼 잘하는 애들은 장기 계약으로 묶는 것이 요즘 트렌드야. FA에까지 가지 않고 말이지."

"장기 계약?"

구현진이 고개를 갸웃하며 물었다.

"그래."

"그럼, 지금 에인절스랑 장기 계약을 하잔 말씀이시죠?"

"솔직히 구단에서도 시즌 중에 그런 말을 넌지시 꺼냈어. 물론 우리도 긍정적으로 생각해 보겠다고는 했지."

"그래서 구단에서는요?"

"안 그래도 며칠 전에도 다시 한번 얘기를 꺼내더라고."

"형은 이미 예상했던 거죠?"

"뭐, 그렇지. 아 참, 저스틴 벌랜드도 타이거즈 시절에 장기 계약을 했어. FA 되기 전에."

"아, 그래요?"

박동희 역시 차를 한 모금 마신 후 내려놓았다.

"그럼~ 지금 너 정도면 충분히 장기 계약 하자는 말이 나올 수 있지. 구단 입장에서는 에이스를 쉽게 경쟁 구단에 넘기고 싶지 않을 테니까."

박동희의 말에 구현진이 가볍게 고개를 끄덕였다. 그러다가 구현진이 박동희에게 물었다.

"혹시 많이 준다고는 해요?"

"솔직히 그건 잘 모르겠다. 그런데 아까도 말했지만 네가 내년에 연봉 조정이 될 것 같은데, 굳이 지금 꼭 장기 계약을 해야 할까?"

박동희가 의외의 말을 꺼냈다. 구현진 입장에서는 지금 결혼도 하고 어느 정도 안정적인 생활을 해야 하기에 장기 계약을 하면 큰 도움이 될 것이라는 생각이 들었다.

그런데 박동희가 고개를 가로저었다. 게다가 연봉 조정이 된다고 했다. 조금 전에는 안 된다고 했으면 말이다.

"형! 그게 무슨 말이에요? 조금 전에는 서비스 타임이 하루 모자라서 안 된다고 했잖아요."

"슈퍼 2조항이 있다고 말했었지?."

"슈퍼 2조항? 아까도 말하셨는데, 도대체 그게 뭔데요?"

구현진이 궁금증을 느끼며 물었다.

"슈퍼 2조항은 메이저리그 경력이 2년 이상, 3년 미만 선수 중에 서비스 타임 상위 22% 선수에게 적용되는 조항이야. 넌 충분히 이 상황에 들어가서 연봉 조정 신청을 받게 돼."

"정말요?"

"그럼! 그래서 내가 너랑 얘기하려고 온 거잖아."

"아니, 그런 게 있으면 진즉에 얘기하지 왜 이렇게 말을 돌려 해요?"

"아무튼 이 조항에 제대로 혜택을 받은 게, 옛날 자이언츠의 팀 린스라고 있었지?"

"맞아, 그랬죠."

"그 친구가 단 1주일 정도의 차이를 통해 1년 먼저 거액을 받았어."

"아하……."

구현진이 이해했다는 듯 고개를 끄덕였다.

"그리고 작년에는 토드 네일이 받았고, 올해는 조지 스팅어가 받았어. 이들이 대표적인 사례지."

"네."

"어쨌든 올림픽 때문에 서비스 타임이 빠졌지만, 세이프가 된 것이 다행으로 생각해야지."

"운이 따랐네요. 다행이다."

"당연히 행운이지! 축복받은 줄 알아."

"넵! 알겠습니다."

박동희가 흐뭇하게 웃었다. 구현진이 잠깐 고민하더니 물었다.

"형, 만약에 연봉 조정 신청을 하면 얼마를 받을 수 있을까요?"

"으음……. 너 정도 성적을 거둔 선수를 따져보면 아마도 커쇼나 벌랜드 정도겠지? 커쇼는 2013년도에 첫 연봉 조정 신청을 했어. 그때 받은 돈이 약 750만 달러. 그다음 해인 2014년도에는 1,150만 달러를 받았지. 저스틴 벌랜드 같은 경우는 950만 달러를 신청했었는데, 구단에서 아예 장기 계약으로 가버렸어. 5년간 8,000만 달러에 말이야. 너도 그때와 지금의 시세를 따지면 어림잡아 1,000만 달러 정도는 괜찮지 않을까 하는데."

"헉! 처, 천만 달러요? 그걸 한국 돈으로 환산하면 얼마예요?"

"아마도 109억 정도 될걸."

"뭐, 뭐라고요?"

구현진은 놀란 입을 쉽게 다물지 못했다.

"뭘 그리 놀라고 그래. 벌랜드도 2011년도에 1,275만 달러를 받았는데. 물론 장기 계약을 했지만."

"오, 그래요? 그럼 만약에 장기 계약으로 하면 얼마 정도 받을 수 있죠?"

"그건 얘기를 해봐야 하는데, 솔직히 장기 계약은 많이 받지는 못할 거야."

"왜요?"

"구단 입장에서는 너를 FA까지 길게 볼 건데, 부상 당할 염려도 있어서 초반에는 돈을 많이 안 줘. 원래 선수의 커리어가 쌓이면 쌓일수록 연봉을 더 많이 주는 게 보통이야. 하지만 구단에서는 너의 미래를 사는 것이기 때문에 무조건 많이 줄 수도 없지. 예를 들어 1억 달러로 계약했어. 첫해는 1,000만, 1,200만, 1,400만…… 이런 식으로 늘어나는 거지. 그러다가 몇 년 후 2천만, 2천 2백만. 이렇게 갑자기 연봉을 급격히 높여 줄 수도 있지. 잘하는 만큼 주겠다는 의도인 거야."

박동희의 말을 들은 구현진이 다시 고민을 시작했다. 만약에 장기 계약으로 묶여 버리면 미래가 없어 보였다. 구현진이 박동희에게 물었다.

"형! 솔직하게 말해줘요."

"뭘?"

"형 생각은 어때요?"

"내 솔직한 얘기?"

"네."

구현진이 고개를 끄덕였다. 잠시 구현진을 바라보던 박동희가 입을 열었다.

"이건 에이전트로서 말하는 거야. 올해 장기 계약보다는 그냥 연봉 신청을 해서 연봉을 좀 올려놓은 후 내년쯤에 생각해보는 게 어떨까 해."

"내년? 내년에 더 잘할 수 있을까요?"

구현진이 걱정스러운 표정으로 조심스럽게 말했다. 그러자 박동희가 피식 웃었다.

"훗, 천하의 구현진이? 이거 왜 이래! 너 구현진이야! 게다가 이제 결혼만 해봐. 생활이 안정되면 더 잘 던질 수 있는데 네가 못 던진다는 것이 말이 돼?"

"그래도 앞날은 모르는 거잖아요."

"아니야, 난 널 강하게 믿고 있어."

박동희는 구현진에 대한 강한 믿음을 보여주었다.

"고맙네요. 날 이렇게 믿어주고."

"당연하지. 하나밖에 없는 고객인데."

"알겠어요. 생각해 볼게요."

"그래, 천천히 생각해."

그때 부엌에 있던 아카네가 나왔다.

"식사 준비 다 되었어요."

그 말에 박동희가 자리에서 일어났다.

"밥 먹어, 난 이만 가볼게."

"같이 먹고 가요. 암만 바빠도 밥은 먹어야죠."

아카네 역시 말했다.

"그래요. 식사하시고 가세요."

"제 것도 있어요?"

"그럼요. 어서 오세요."

구현진과 박동희가 부엌으로 갔다. 식탁에는 구수한 된장찌개가 올라와 있었다. 그것을 본 박동희가 놀란 얼굴이 되었다.

"된장찌개 끓이셨어요?"

"아, 네. 아직 서툴지만 해봤어요. 어서 자리에 앉으세요."

아카네가 서둘러 밥솥으로 향했다. 자리에 앉은 구현진이 작은 목소리로 말했다.

"아카네 음식 잘해요."

구현진은 엄지까지 올리며 옹호했다. 그 모습을 보던 박동희가 피식 웃었다.

"인마, 벌써부터 마누라 자랑이냐? 그러다 너 팔불출 소리 들어."

"사실을 말한 것뿐인데?"

"됐다! 적당히 해라."

그러는 사이 아카네가 밥을 퍼서 가져왔다.

"여기요, 모자라시면 더 드릴게요."

"네, 고마워요."

박동희는 수저를 먼저 들어 된장찌개를 맛봤다. 구수한 된장 맛이 입안 가득 맴돌았다.

"오오, 맛있어요. 정말 잘 끓이시는데요?"

박동희는 두 눈을 크게 뜨며 아카네에게 말했다. 아카네는 잔뜩 긴장했는데 맛있다고 해주니 이내 표정이 밝아졌다.

"거봐, 내가 뭐라고 했어요. 맛있다고 했지!"

구현진이 금세 끼어들며 칭찬을 했다.

"그래, 맛난다. 좋겠다! 요리도 잘하는 마누라 얻어서."

"당연하지!"

구현진도 실실 웃으며 밥 한 숟갈을 떴다. 박동희가 갑자기 주위를 두리번거렸다.

"왜?"

구현진이 물었다.

"근데 혼조 선수가 안 보이네?"

"아, 혼조! 나갔어요."

"뭐? 나가?"

"자기도 이제 독립할 때라나? 뭐 암튼 저번 주에 방 구해서 나갔어요."

"그래?"

박동희는 고개를 끄덕이며 식사에 열중했다. 그러는 사이 아카네가 예쁜 계란말이를 들어 구현진 밥에 올려주었다.

"이거 드세요."

"응, 고마워."

그 모습을 바라보는 박동희는 흐뭇한 미소를 지었다. 그러다가 이내 인상을 구기며 속으로 중얼거렸다.

'젠장, 염장을 지르네. 질러!'

박동희의 급히 수저를 놀려 밥그릇을 금세 비웠다. 타국에서 먹는 된장찌개 맛이 그렇게 맛있을 수 없었다. 금세 한 그릇을 비운 박동희가 아카네에게 빈 그릇을 내밀었다.

"저, 밥 한 그릇만 더 주실 수 있나요?"

아카네가 환하게 말했다.

"그럼요!"

며칠 후 구현진과 아카네는 대한민국으로 향하는 비행기에 올랐다. 퍼스트 클래스에 나란히 앉은 두 사람은 소소한 이야기를 나누며 웃고 있었다. 그러는 와중에도 구현진은 아카네가 불편하지 않게 이것저것 챙겨주고 있었다.

"괜찮아?"

"네, 괜찮아요."

"얼마 만에 한국 가는 건지 모르겠네."

"저도요."

"떨리진 않아?"

"전혀요. 저도 아버님 뵙고 싶어요."

"정말?"

"그럼요. 아버님 얼마나 귀여우신데요."

아카네가 입을 가리며 웃었다.

그 모습을 보는 구현진은 고개를 갸웃했다.

"아버지가 귀엽다고? 아닌데……."

"뭐가 아니에요. 사투리도 얼마나 귀엽게 하시는데요. '아가야'라고 하실 때 살살 녹아요."

"그래? 이상하네……."

"뭐가 이상해요. 하나도 이상하지 않아요."

"뭐, 아카네가 그렇다면야……."

구현진은 고개를 끄덕였다.

"그보다 컨디션은 괜찮아?"

"괜찮아요."

"기분은 어때?"

"보시다시피?"

아카네가 깜찍한 표정을 지으며 구현진을 바라봤다. 구현진은 순간 심장이 덜컥 내려앉았다.

"윽!"

구현진이 심장을 움켜쥐며 신음을 내뱉었다. 그 모습을 본 아카네가 깜짝 놀랐다.

"어멋! 왜 그래요? 심장이 아파요?"

"응, 너 때문에……."

"네? 저 때문에요?"

"그래, 네가 너무 귀엽고 예뻐서."

구현진이 사랑스러운 눈빛으로 아카네를 바라보았다. 그제야 안심한 아카네가 주먹으로 구현진의 가슴을 툭 쳤다.

"놀랐잖아요."

"그건 아카네 잘못이야. 누가 그렇게 귀엽게 말하래."

"뭐라고요?"

두 사람의 알콩달콩한 모습을 지켜보는 눈이 있었다. 구석진 곳에서 탄식이 흘러나왔다.

"어멋! 어머머머머!"

"아주 좋아 죽네, 죽어!"

"어쩜 저래? 기가 막혀!"

그러는 것도 모르게 구현진과 아카네는 달달한 기운이 마구마구 샘솟고 있었다.

"한국 가면 아버지도 만나고, 정식으로 인사를 드리는 거야. 이제 우린 확실하게 결혼식을 올리게 되는 거지."

"네."

아카네가 수줍게 대답했다.

"결혼식을 올리면 너와 나, 우린 하나가 되는 거야."

"네."

"그리고 한 침대에서……."

구현진의 말에 아카네의 얼굴이 붉게 변했다. 그 모습을 본 구현진이 음흉한 미소를 머금었다.

"이제 얼마 남지 않았어. 널 가만두지 않을 거야."

"어멋! 짐승!"

아카네는 깜짝 놀라며 구현진의 가슴을 두들겼다.

"이리 왓!"

구현진이 강하게 아카네를 끌어당겼다. 그러자 아카네가 화들짝 놀라며 말했다.

"어머나! 누가 봐요!"

"보긴 누가 봐?"

구현진 역시 미어캣처럼 고개를 내밀며 말했다. 두 사람의 꽁냥거리는 모습을 구석에 있던 스튜어디스가 날카로운 눈으로 지켜보았다. 그녀들은 눈에 불을 켜며 어이없는 표정을 지었다.

"아이고, 아이고. 어쩜……."

"저 여시 같은 계집애. 우리 현진 님을 꼬시다니!"

"봐봐, 딱 봐도 불여시같이 생겼잖아."

"흐흑, 일본 여자에게 우리 현진 님을 빼앗겼어. 어떡해!"

"내가 도로 뺏어올까?"

"아서라, 이미 떠나 버린 버스요, 엎질러진 물이라네."

"그래도 언니……."

"포기할 건 빠르게 포기하는 게 나아."

"칫! 그래도 난 포기하지 않아요."

"그만하고, 어서 준비나 해."

맏언니가 손님이 있는 곳으로 나갔다. 얼굴에는 언제 그랬냐는 듯 미소가 한가득 피어 있었다.

몇 시간 후 인천 공항에 도착한 구현진과 아카네. 구현진은 수속을 마치고 아카네의 손을 잡고 입국장으로 나섰다. 입국장 문이 열리자 아카네는 깜짝 놀라고 말았다.

3.

찰칵! 찰칵!

파파파파팟!

카메라 플래시 세례가 구현진과 아카네를 반겼다. 아카네는 갑작스러운 카메라 세례에 깜짝 놀랐다. 그녀는 선불리 밖으로 나가지 못하고 구현진 등 뒤로 슬며시 숨었다. 구현진이 잔뜩 긴장한 아카네를 달랬다.

"괜찮아, 내가 옆에 있을게."

아카네가 가볍게 고개를 끄덕이고는 구현진 옆에 섰다. 아직 불안한지 구현진의 팔을 강하게 잡았다. 그러나 구현진이 천천히 그녀를 이끌자 한 걸음씩 입국장으로 향했다.

"자연스럽게 행동해, 자연스럽게. 안 되면 그냥 가만히 있어. 내가 다 알아서 할게."

"네, 오빠."

아카네는 그저 구현진의 팔짱을 낀 채 가만히 있었다. 간혹 어색한 미소를 지어 보였다. 반면 구현진은 능숙하게 손을 들어 대기하고 있던 기자들과 팬들에게 인사했다.

"까아아아악! 오빠아아아아!"

"오빠. 여기 봐줘요, 오빠!"

고등학교 소녀 팬들이 스마트 폰을 들고 구현진을 찍기 위해 들었다. 구현진은 그들을 향해 손을 흔들어주었다. 몇몇 여학생은 울음까지 터뜨리고 있었다. 여느 아이돌 못지않은 인기였다.

"이거 참 난감하네."

구현진은 어색한 미소를 보이며 멈춰 섰다. 기자들과 팬들로 앞이 막힌 상황이었다.

"형은 도대체 어디 간 거야?"

구현진이 에이전트 박동희를 급히 찾았다. 그런 와중에도 미소는 잃지 않았다. 그때 한 소녀 팬이 울먹이며 소리쳤다.

"현진이 오빠! 그러지 마요. 우릴 버리고 어떻게 그럴 수가 있어요!"

그 소리를 들은 구현진과 아카네가 놀랐다. 구현진은 그 소녀를 보며 애써 미소를 지었다.

"버리긴요. 제가 어떻게 절 좋아해 주시는 분들을 버려요. 그런 거 아니에요."

"옆에 있는 여자랑 결혼하신다면서요."

순간 말문이 막혔다.

"오빠 정말 결혼하시는 거예요?"

한 소녀의 용기 있는 질문에 다른 소녀들도 하나둘 질문을 던졌다.

"네, 결혼합니다."

"안 돼애애애애!"

한 소녀는 거의 광기에 가까운 소리를 질렀다.

"아이고 깜짝이야. 괜찮아요?"

구현진은 곧바로 소리를 지른 그 소녀의 안부를 물었다. 소녀는 눈물 가득한 얼굴로 울먹였다.

"결혼 안 하시면 안 돼요?"

"미안해요. 전 이 사람을 너무 좋아해요. 절 사랑해 주는 만큼 우리 아카네도 아껴주면 안 될까요?"

구현진의 간절한 부탁에 소녀들은 그저 눈물만 흘렸다. 그러자 아카네가 어디서 용기가 났는지 앞으로 나와 90도로 인사했다.

"안녕하세요, 전 아카네라고 해요. 우리 오빠를 너무 사랑해 주셔서 감사해요. 비록 제가 오빠랑 결혼하지만, 오빠는 언제나 마운드에 오를 거예요. 여러분의 응원이 많이 필요해요. 계속 응원해 주실 수 있죠?"

아카네의 유창한 한국말에 소녀 팬들은 눈물을 뚝 그쳤다. 모두 놀란 눈빛이 되었다. 게다가 정중한 말에 소녀 팬들은 저마다 쳐다보며 자기들도 모르게 고개를 끄덕였다.

그러자 아카네가 환한 미소를 지으며 다시 인사했다.

"감사합니다. 앞으로 우리 오빠 많은 응원 부탁드려요."

아카네의 말에 소녀 팬들이 언제 그랬냐는 듯 환한 얼굴로 일제히 대답했다.

"네에!"

"감사합니다, 감사합니다."

아카네의 그 모습을 가만히 바라보고 있던 구현진은 흐뭇한 표정이 되었다.

'이것이 내조라는 건가?'

그때 박동희가 인파를 헤치고 나타났다.

"현진아!"

"형, 왜 이제 와요!"

"미안, 나도 정신이 없었다. 오시느라 고생 많았어요."

박동희는 아카네에게 인사하고 서둘러 두 사람을 데리고 이동했다. 구현진이 슬그머니 아카네의 손을 잡았다. 혹여, 아카네를 놓치지는 않을까, 걱정되었기 때문이다.

아카네는 움찔했지만 이내 환한 미소를 보여주었다. 그리고 인천공항 한편에 마련된 기자회견장 앞에 도착했다.

"긴장하지 말고 잘해요."

"어디 한두 번 해요? 새삼스럽게 무슨."

박동희의 말에 구현진이 실실 웃으며 답했다.

"야! 너 말고, 아카네 씨 말이야."

"아……."

"괜찮겠어요?"

박동희가 다시 한번 물었다. 아카네가 잠시 호흡을 고른 후 고개를 끄덕였다.

"네."

"좋아요, 그럼 들어가죠."

"네."

구현진이 아카네의 손을 다시 잡았다.

아카네가 구현진을 바라보며 미소를 지었다.

"힘들면 말해. 알았지?"

"네, 오빠. 그럴게요."

"그래, 들어가자!"

박동희가 기자회견장 문을 열었다. 구현진이 아카네를 이끌고 안으로 들어갔다. 그 순간 수많은 카메라 세례를 받았다.

파파파파파팟!

구현진이 능숙하게 아카네를 이끌고 단상에 올랐다. 그리고 나란히 인사한 후 자리에 앉았다. 박동희가 곧바로 마이크를 잡고 사회를 봤다.

"자, 그럼 지금부터 구현진 선수의 기자회견을 하도록 하겠습니다. 기자회견은 약 1시간 정도 진행됩니다. 질문자는 손을 들어 말씀해 주시길 바랍니다. 그럼 시작하겠습니다."

박동희의 얘기가 끝나자마자 수십 명의 기자가 손을 들었다. 그중 한 명을 지목했다.

"네, 질문하세요."

"아카네 씨에게 먼저 질문하겠습니다."

첫 기자의 첫 질문에 아카네가 긴장했다. 구현진이 아카네의 손을 살짝 잡았다.

"괜찮아. 내가 옆에 있어."

구현진의 말에 아카네가 고개를 살짝 끄덕였다. 기자의 질문이 이어졌다.

"지금 기분이 어떠신가요?"

"어…… 오면서 팬분들을 많이 뵈었어요. 오빠를 좋아해 주시는 분들이 이렇게 많으니 정말 기쁘네요."

"구현진 선수를 어떻게 처음 만났어요?"

"오빠를 처음 만난 것은 일본에 있는 저희 집이었어요. 그러니까, 친오빠가 에인절스 선수인데, 오빠와 친했어요. 그래서 오빠를 따라 저희 집에 놀러 왔는데 그때 처음 만났어요."

"첫눈에 반했나요?"

"아, 그게…… 네."

그 뒤로 아카네에게 집중적인 질문이 쏟아졌다. 아카네는 차분하게 질문에 답해주었다. 처음에 기자들은 일본 사람이라고 해서 통역까지 준비했었다. 그런데 능숙하게 한국말을 구사하자 다들 놀라는 분위기였다.

재일 교포라는 사실은 알고 있었지만 이렇게 완벽하게 한국말을 할 것이라고는 생각지 않았다. 마치 한국 사람처럼 능숙하게 말하는 아카네에게 한 번 놀란 기자들은 또다시 놀랐다.

구현진을 너무 사랑하는 마음이 기자들에게 그대로 전해졌기 때문이었다. 이래저래 기자들의 짓궂은 질문에도 아카네는 막힘없이 한국말로 또박또박 답했다.

그러자 그전에 가지고 있던 아카네의 이미지가 확 바뀌었다. 그전까지 구현진을 빼어간 일본 여자라는 이미지가 강했다. 그런 이미지가 이번 기자회견을 통해 확 바뀌었다. 아카네는 그냥 한국 사람이라는 이미지가 확 씌워진 것이었다.

약 한 시간가량 기자회견을 마치고 구현진과 아카네는 대기실로 들어왔다. 아카네가 긴 한숨을 내쉬었다.

"후우……."

구현진이 물병을 따서 아카네에게 내밀었다.

"고생했어."

"고마워요, 오빠."

물을 마시고 조용히 내려놓았다. 구현진이 아카네를 사랑스럽게 바라보았다.

"역시 실전에 강한 타입인가?"

"네? 무슨 말이에요?"

"대답을 너무 잘해서 말이야. 처음엔 그렇게 떨린다고 하더니."

"떨렸어요. 다만 오빠에게 폐는 끼치지 말아야지 생각하니까……."

"그래, 고마워."

구현진이 아카네를 살포시 안아주었다. 그때 문을 두드리는 소리가 들렸다. 구현진과 아카네가 황급히 떨어졌다.

"크험, 네."

문이 열리자 박동희가 들어왔다.

"현진아, 차 준비되었다."

"알았어요."

구현진이 자리에서 일어났다.

아카네 역시 따라 일어났다.

"자, 가자. 아버지 기다리시겠다."

"네."

아카네가 환하게 대답했다.

부산 집은 그야말로 분주했다. 아버지는 여전히 거실에 있었다. 다만 왔다 갔다 하며 현관문을 뚫어져라 쳐다보고 있었다. 부엌에서는 김 여사가 혼자서 맛난 요리를 만드는 중이었다.

"올 때가 되었는데……."

"정신 사납고로 그만 앉아 있어요."

김 여사의 한 소리에 아버지가 헛기침했다.

"어험! 뭐, 정신 사납다고 하노. 야들이 올 때가 되었는데 안 와서 그라지."

"어련히 알아서 와요. 그만 앉아 계시소."

"아, 알았다. 여편네가 오늘따라 와 성질이고."

아버지는 자리에 앉으면서 구시렁거렸다. 그리고 얼마 가지 않아 밖에서 구현진의 목소리가 들려왔다.

"아버지, 저희 왔습니다."

순간 아버지의 표정이 환해졌다.

"왔다! 야들이 왔어."

아버지는 자리에서 벌떡 일어나 현관으로 향했다. 부엌에 있던 김 여사가 아버지를 따라 마중을 나갔다. 잠시 후 문이 열리고 구현진과 아카네가 들어왔다.

"아버지, 저희 왔어요."

"아버님, 그동안 안녕하셨어요."

"오냐, 오냐. 어여 들어온나! 어여!"

아버지는 버선발로 내려와 아카네를 맞이했다. 아카네가 인사한 후 거실로 들어갔다. 아버지는 연신 아카네 옆에서 떨어질 줄 몰랐다.

"우리 아가, 먼 길 오느라 고생했제?"

"아니에요, 아버님."

"우리 아가, 밥은? 아직 안 묵었제?"

아버지는 말을 하고는 곧장 김 여사에게 소리쳤다.

"이봐, 임자! 우리 아가 밥 안 묵었단다. 뭐 하노, 퍼뜩 안 차리고."

"지금 하고 있잖아요. 내가 여기 뭐 밥 해주러 왔나?"

김 여사의 투덜거림에 이번에는 구현진이 나섰다.

"고맙습니다, 아주머니."

"아이고, 현진이밖에 없네. 아이다, 다 했다. 저기 앉아 있어라."

"제가 도울게요."

그때 아카네가 일어나 김 여사 옆으로 왔다.

"뭐라카노, 아가. 됐다, 네가 왜 할라고 하노. 이리 온나."

아버지가 아카네를 말렸다. 하지만 아카네가 미소를 지으며 말했다.

"저도 돕게 해주세요. 그래야 빨리 차려서 먹죠, 아버님!"

"그, 그래? 아, 알았다."

"그럼 아버님, 여기 잠시만 계세요."

"오, 오야."

아카네가 부엌으로 갔다.

"오빠도 아버님 옆에 가세요. 여긴 제가 도울게요."

"그럴래?"

구현진이 아버지에게 갔다. 그리고 아버지에게 살짝 말했다.

"아버지, 며느리 예쁘죠?"

"두말하면 잔소리제. 자슥, 아무튼 애비 닮아서 여자 하나는 잘 데려왔네."

"내가 좀 하잖아요."

누가 부전자전 아니랄까 봐 아카네에게서 시선을 떼지 못했다. 아카네는 김 여사 옆에 딱 붙어서 말했다.

"전 뭐 할까요?"

"어? 안 그래도 되는데."

"아니에요, 저도 도울게요."

"그럼 저것 좀 담아줄래?"

"네, 어머니!"

아카네가 어머니라고 하자 김 여사의 눈이 커졌다. 사실 김 여사와 아버지도 지금은 거의 같이 살고 있었다. 아직 혼인 신고는 하지 않았지만, 조만간 할 생각인 모양이었다. 그래서 아카네는 김 여사를 시어머니로 모실 생각이었다. 김 여사는 어머니란 말을 듣자 금세 기분이 좋았다.

"그, 그래. 음식은 좀 하나?"

"아, 아뇨. 많이 가르쳐 주세요."

"맞나? 그럼 자주자주 와서 내한테 요리 배워라, 알았제?"

그 말에 눈치가 빠른 아카네가 곧바로 답했다.

"네, 어머니."

김 여사는 어머니라는 말에 흐뭇한 미소를 지었다. 그러면서 거실에 있는 아버지에게 말했다.

"현진이 아부지요. 걱정 마이소. 내가 며느리 교육은 확실하게 할 테니까."

그러자 아버지가 버럭 소리를 질렀다.

"임자가 왜 남의 며느리 교육을 시킨다고 그래! 귀하디귀한 우리 며느리를! 어? 나 참!"

"당신 며느리도 되고, 인자 내 며느리도 맞잖아요."

"그, 그게 무슨 소리고……. 어험!"

아버지는 순간 부끄러운지 고개를 홱 돌려 버렸다. 그 모습을 보는 김 여사가 아카네에게 말했다.

"저기, 바로 부산 남자라 하는 기다. 멋대가리는 도통 찾아볼 수가 없다."

"어, 어머니……."

"그래도, 사람 하나는 됐다. 말은 저렇게 해도 챙겨주는 것은 끝장난다. 그러니 현진이가 조금 섭섭하게 하더라도 이해해라. 원래 경상도 남자가 좀 무뚝뚝하다."

"네, 그런데 오빠는 안 그래요. 저에게 잘해줘요."

"맞나? 그람 됐다. 이거 어여 저기 상에 갖다놔라."

"네, 어머니."

아카네는 계속해서 김 여사를 어머니라고 불렀다. 그러자 김 여사는 그 말 한마디에 기분이 좋아져서는 아카네를 엄청 예쁘게 봐줬다.

그날 저녁 아버지는 오랜만에 술이 거하게 취해서는 집이 떠나갈 듯 노래를 불렀다. 그리고 그다음 날 아침 구현진은 곧바로 일본으로 향했다.

40장
계약(2)

I.

일본 할머니 댁에 도착한 구현진.

혼조가 공항까지 마중 나와 있었다. 입국장 앞에 혼조를 발견한 구현진이 환한 미소로 다가갔다. 서로 포옹하며 인사를 주고받았다.

"왔냐!"

"잘 있었어?"

"그럼!"

그리고 뒤에 서 있는 아카네를 보았다.

"오빠……."

"그래, 가자. 할머니 기다리신다."

혼조는 아카네의 머리를 한 번 쓰다듬고는 캐리어를 챙겨서 이동했다. 약 두 시간 후 할머니 댁에 도착했다. 아카네는 차에서 내리자마자 곧장 집으로 들어갔다.

"할머니, 저 왔어요."

구현진과 혼조는 차에서 짐을 내렸다.

혼조가 물었다.

"좋냐?"

"그래, 좋다."

"좋아 보인다. 어서 들어가자."

"알았어."

집 안에 들어가자 구현진은 그 자리에서 꼼짝하지 못했다. 집에 사람이 너무 많이 있었기 때문이었다. 혼조가 구현진의 어깨를 가볍게 두드렸다.

"생각보다 많지? 머리 좀 아플 거다."

그렇게 말을 하고는 짐을 하나하나 들여놓았다. 그 뒤로 구현진은 곧바로 수십 명의 친척에게 일일이 인사하였다. 인사만 했는데 저녁이 다 되었다.

그다음 날부터 정신없는 하루를 보냈다. 아카네와 함께 마을 다른 친척분들의 집을 일일이 돌아다니며 인사했고, 신사에도 인사를 드리러 갔다.

내일 여기서 아카네와 결혼식을 올리기 때문이었다. 물론 한국과 일본에서 두 번 결혼식을 올려야 했기 때문에 조촐하게 친족들만 모아서 치를 계획이었다.

다음 날 아침 일찍부터 결혼식 준비에 들어갔다. 아카네는 어디로 갔는지 보이지도 않았다.

"야, 혼조. 아카네는?"

"아침 일찍부터 신부를 찾아? 어디 도망 안 갔으니까 걱정 말고 아침부터 먹어. 너도 준비해야지."

"어어, 그래."

구현진이 두리번거리며 간단히 아침을 먹었다. 그리고 혼조를 따라 신사로 향했다. 그곳에서 혼례를 올리기 때문에 준비도 신사에서 했다. 그때까지 구현진은 아카네를 볼 수가 없었다.

"여기 있어."

혼조가 구현진을 어느 방 안에 두고 밖으로 나갔다. 혼자 남은 구현진은 멀뚱히 앉아 있었다.

"어디 갔지?"

그때 뒤쪽 문이 열리며 누군가 들어왔다. 바로 아카네였다.

"아, 아카네……."

아카네가 흰 기모노를 입고 구현진 앞에 서 있었다.

구현진은 입을 다물지 못한 채 아카네를 바라보았다.

"어, 어때요?"

"예, 예쁘다."

"다행이다."

아카네가 수줍게 웃었다. 아카네가 입은 옷은 전통 혼례를 할 때 입는 시로무쿠라는 기모노였다. 츠노카쿠시라고 해서 머리에 배 모양 모자를 쓰고 있었다. 흰 칠에 빨간 입술이 매력 포인트였다.

구현진 역시 남성용 기모노를 입었다. 일본에서 올리는 전통 혼례인 만큼 구현진 역시 일본 전통에 따랐다.

잠시 후 신사에서 혼례를 진행했다. 본래 신도식 결혼식은 신랑, 신부, 가족, 친족만이 참석하여 치렀다.

그리고 결혼식 전에 결혼 서약서를 작성했다. 결혼식 중에 혼인하는 두 사람이 읽어야 한다고 했다. 이래저래 모든 준비를 마치고 결혼식이 진행되었다.

구현진은 눈치를 보며 아카네가 하는 대로 따라 했다. 마지막으로 둥글고 납작한 술잔에 술을 따라 친족들과 돌려 마시는 것으로 결혼식은 끝이 났다.

피로연은 간단하게 할머니 댁에서 했다. 친척들이 일일이 덕담을 해주었다.

"잘 살아라. 싸우지 말고."

"아카네, 몸 건강하고."

"우리 아카네를 잘 부탁하네."

"행복해야 한다."

이런 덕담들을 하며 구현진과 아카네는 한 분, 한 분에게 감사를 전했다. 그리고 마지막 한마디도 잊지 않았다.

"일본하고 할 때는 살살 부탁하네."

"아, 살살요? 알겠습니다. 살살하겠습니다."

그렇게 일본에서의 결혼식이 끝이 났다. 그다음 날 구현진과 아카네는 지친 몸을 이끌고 다시 부산으로 향했다. 부산에서 두 번째 결혼식을 하기 위함이었다.

부산 김해 공항에 때아닌 엄청난 인파가 몰려들었다. 기자들 하며 팬들로 인산인해를 이루었다. 그들 모두 카메라를 든 채 누군가를 기다리고 있었다.

"김 기자, 비행기 도착은 했대?"

"그럼, 벌써 도착했다고 하던데."

"그런데 왜 아직 안 나오지?"

"그걸 왜 나한테 물어? 나도 기다리고 있고만."

기자들은 눈이 빠지라 입국장을 바라보았다. 잠시 후 입국장 문이 열리며 잠자리 선글라스를 낀 외국인이 모습을 드러냈다. 그 순간 한 명의 기자가 소리쳤다.

"왔다!"

파파파파팟!

순식간에 카메라 플래시가 터졌다. 입국장에 들어선 인물은 바로 에인절스의 슈퍼스타 매니 트라웃이었다. 매니 트라웃은 익숙하게 카메라 세례를 받으며 이동했다. 그의 곁으로 곧바로 경호원이 붙으며 길을 안내했다. 그 뒤에 저스틴 벌랜드와 그의 아내인 게이트 업튼이 걸어 나왔다.

"와아아아아!"

"저스틴 벌랜드다."

"게이트 업튼까지! 대박!"

여기저기서 환호성이 터졌다. 그 뒤로 호세까지, 메이저리그 스타들이 총출동했다. 이들 모두 구현진의 결혼식에 참석하기 위해 한국을 방문한 것이었다.

스타들이 모두 빠져나가고 기자들을 비롯해 팬들까지 우르르 나갔다. 마지막으로 입국장 문이 열리며 피터 레이놀 단장과 보좌관 레이 심슨이 모습을 드러냈다. 피터 레이놀 단장이 시계를 보며 말했다.

"결혼식이 몇 시라고 했지?"

"저녁 6시라고 들었습니다."

"늦진 않겠지?"

"네, 구가 결혼식장까지 갈 버스를 준비했다고 합니다. 다른 참석객도 이미 그 버스에 탔을 것입니다."

"그래? 우린 따로 가지 않나?"

"그것이 한국식 전통이랍니다. 버스로 이동하는 거요."

"그렇군. 그럼 그 전통에 따라야겠지."

피터 레이놀 단장이 걸음을 옮겼다. 레이 심슨이 곧바로 그의 옆에 붙으며 물었다.

"단장님, 질문이 있습니다."

"뭔데?"

"전에 단장님이 말씀하셨잖아요. 선수들을 트레이드하고 자르는 게 자기 일이라고요. 그래서 친해지면 그런 일을 할 수가 없다고 하셨잖아요."

"맞아!"

"그런데 왜 유독 구현진 선수에게는 안 그러세요?"

"내가 그랬나?"

피터 레이놀 단장이 고개를 갸웃했다.

"그럼요. 지금도 보세요. 구현진 선수의 결혼식 참석을 위해 열일 마다하고 왔잖아요. 게다가 구단주에게 말해 전세기까지 띄워서 선수들 데리고 오셨으면서."

"오오, 내가 그랬구나."

"뭔 소리래요? 갑자기 발뺌하고 그러세요."

"그건 말이야. 구현진과 끝까지 함께 가려고 그러는 거야. 내가 단장으로 있는 이상 구현진 선수는 트레이드하지도, 자르지도 않을 생각이니까."

"에이, 그건 좀 아닌 것 같아요. 다른 선수들과의 형평성도 있고……."

"그렇지. 하지만 구현진은 내가 처음으로 데려온 친구고, 데려올 때 내가 끝까지 책임진다고 했어. 그만큼 구도 나의 기대에 응해줬고 말이야. 그래서 구에게는 그럴 필요가 없다는 거지."

"뭐, 대충 이해는 하지만……."

"그럼 됐어! 그거면 된 거야. 한 사람쯤은……."

둘이 대화하는 사이 리무진 버스가 앞에 섰다. 피터 레이놀 단장은 그 버스를 보며 말했다.

"진짜 이 버스를 타고 가는 거야?"

"내가 그렇다고 말했잖아요."

레이 심슨이 캐리어를 맡기고 먼저 버스에 올라탔다. 그 뒤 피터 레이놀 단장 역시 버스에 올랐다. 그러자 여기저기서 원성이 흘러나왔다.

"헤이, 단장! 왜 이렇게 늦게 왔어."

"이러다가 구 결혼식에 늦으면 어떻게 하려고."

"빨리, 빨리 옵시다."

버스 안에는 어마어마한 슈퍼스타들이 타고 있었다. 그들은 하나같이 늦게 온 피터 레이놀 단장을 비난했다. 피터 레이놀 단장이 손을 들어 미안하다고 했다.

"미안하네, 미안."

슈퍼스타들까지 버스에 타고 있으니, 피터 레이놀 단장 역시 이 모든 상황을 받아들였다. 그리고 잠시 후 버스는 결혼식장을 향해 출발했다.

구현진의 결혼식은 부산 서면 롯데 호텔에서 거행되었다. 탑 메이저리거답게 하객들 역시 그에 걸맞게 참석했다. 이날 화려한 하객들이 네티즌의 눈을 휘둥그레지게 했다.

연예계에서도 많은 사람이 참석했다. 아유와 고하라를 비롯한 탑 스타들이 참석해 결혼식을 빛내주었다.

마치 영화제라도 하는 듯 포토존에는 수많은 스타가 오갔다. 특히 매니 트라웃과 저스틴 벌랜드, 게이트 업튼이 등장할 때는 팬들의 엄청난 함성에 난리가 났다.

그런 수많은 하객이 참석한 가운데 구현진과 아카네의 결혼식이 거행되었다. 그리고 절친 호세는 마지막 플라워 세레머니를 직접 해주었다. 그렇게 화려했던 구현진과 아카네의 결혼식이 끝이 났다.

구현진은 하룻밤을 호텔에서 묵고 다음 날 8박 10일간 유럽으로 신혼여행을 다녀오기로 했다.

모든 결혼식을 마친 구현진과 아카네는 호텔로 와서 뻗었다. 피로연까지 모두 끝낸 두 사람은 그대로 침대에 누웠다.

"하아, 결혼식 두 번은 못 하겠다."

"저도요."

두 사람은 그렇게 중얼거리고는 한동안 움직이지 못했다.

그렇게 약 30여 분을 가만히 있던 아카네가 먼저 몸을 일으켰다.

"왜? 좀 더 쉬지 않고."

"오빠는 쉬세요. 전 아직 할 게 많아요."

아카네는 화장대 앞으로 가서 앉았다. 머리에 꽂았던 수많은 핀을 하나하나 빼내기 시작했다. 약 10여 분간 빼내고 있지만, 아직 많이 남은 모양이었다.

"내가 도와줄까?"

"아니요. 오빠는 먼저 씻으세요."

"그럴까?"

구현진이 먼저 씻으러 들어갔다.

그사이 아카네 역시 핀을 다 제거하고 머리를 풀었다. 샤워를 마친 구현진이 나오자 아카네가 일어났다.

"저도 씻고 나올게요."

"그, 그래……."

구현진은 머리를 푼 아카네의 모습을 보고 순간 심쿵했는지 말까지 더듬었다. 아카네가 미소를 지으며 씻으러 들어갔다. 구현진은 어떻게 해야 할지 몰랐다.

"뭘 해야 하지? 뭘 해야 할까?"

잠시 생각하던 구현진의 시야에 와인이 들어왔다.

"맞아, 와인!"

구현진은 곧바로 와인을 마실 준비를 했다. 불도 은은하게 바꾸고, 촛대에 불을 켰다. 그러고도 남는 시간은 어떻게 활용할까 고민했다.

"이제 뭘 해야 하지?"

갑자기 심장이 쿵쾅쿵쾅댔다. 샤워실에서는 샤워하는 물소리가 들려왔다.

"아, 못 참겠다."

구현진은 갑자기 엎드려서 팔굽혀 펴기를 했다. 그래도 진정이 안 되는지 방 안을 왔다 갔다 했다. 그렇게 약 30여 분이 흐르고 샤워실 문이 열렸다. 그 순간 구현진이 멈춰서며 시선이 샤워실 입구로 향했다.

김이 모락모락 나오며 잠옷을 걸친 아카네가 모습을 드러냈다. 머리에 물기가 촉촉하게 머금고 수건으로 닦으며 나오는 아카네의 모습은 구현진의 가슴을 쿵쾅거리게 만들었다.

"어? 오빠."

"그, 그래…… 다 씻었어?"

구현진은 갑자기 어색해졌다. 아카네 역시 마찬가지였다. 구현진이 아카네를 불렀다.

"이리 와. 와인 한잔하자."

"……네에."

아카네가 수줍게 대답한 후 자리에 앉았다. 맞은편에 구현진이 앉은 후 와인의 코르크 마개를 땄다.

뿅!

정적이 흐르는 방 안에 코르크 마개를 따는 소리가 들리자 구현진과 아카네는 어색하게 웃었다.

"하하하……."

"호호호……."

구현진이 먼저 잔에 와인을 따랐다. 그리고 자기 잔에도 따른 후 말했다.

"한잔할까?"

"네."

가볍게 잔을 부딪친 구현진과 아카네는 와인을 마신 후 잔을 내려놓았다. 그 상태로 잠깐의 침묵이 흘렀다. 두 사람은 살짝 어색한지 딴청을 피웠다.

"오늘 힘들었지?"

구현진이 먼저 말을 꺼냈다.

"네."

"오늘 나 정신이 하나도 없었어."

"저도요."

구현진과 아카네는 와인을 마시며 오늘 결혼식에 대해서 이런저런 이야기를 나눴다. 구현진이 와인 잔에 담긴 와인을 단숨에 들이켰다. 아카네를 뜨거운 눈으로 바라보던 구현진이 거친 숨소리를 내뱉으며 나직이 말했다.

"피곤하지 않아?"

"네, 조금요."

"그럼 우리……. 이제 잘까?"

"네에? 아, 네에……."

아카네의 얼굴이 붉게 물들며 가볍게 고개를 끄덕였다. 구현진은 그런 아카네의 얼굴을 보며 저도 모르게 침을 꿀꺽 삼켰다. 아카네는 쑥스러운지 고개를 푹 숙이고 있었다.

구현진이 아카네에게 다가갔다. 그리고 아카네를 살며시 안아 들었다. 아카네는 그런 구현진의 행동에 그 어떤 거부도 하지 않았다. 구현진이 아카네를 침대에 조심스럽게 눕혔다. 아카네가 눈을 뜬 채 구현진을 올려다보았다. 그녀의 양 볼이 더욱 붉게 타올랐다.

"괜찮아?"

아카네는 대답 대신 고개를 가볍게 끄덕였다. 구현진이 피식 웃으며 아카네의 얼굴로 자신의 얼굴을 가져갔다. 아카네가 스르륵 눈을 감았다. 구현진의 입술과 아카네의 입술이 서로 부딪칠 찰나였다.

따르릉! 따르릉!

갑자기 호텔 전화기가 울렸다. 구현진은 움찔하며 고개를 돌렸다.

"이 시간이 누구지?"

"어서 받아봐요."

아카네가 조용히 말했다. 구현진이 곧바로 수화기를 들었다.

"여보세요?"

그 순간 수화기 너머 박동희의 음성이 들려왔다. 정말 미안하다는 말투였다.

-저, 저기 현진아. 형인데…….

"이 시간에 무슨 일이에요?"

-저기, 그게 말이야……. 정말 미안한데…….

"형, 속 시원히 말해봐요. 무슨 일 있어요?"

-아니, 저 그게 말이야…….

"형!"

급기야 구현진이 소리를 질렀다.

-잠깐 1층 커피숍으로 좀 내려와 봐야 할 것 같다.

"네에? 형 지금 호텔 커피숍에 있어요?"

-으응, 그게 말이다. 나 혼자 있는 것이 아니라…….

박동희의 말을 들은 구현진의 눈이 크게 떠졌다.

"알았어요. 형, 금방 내려갈게요."

수화기를 내려놓은 구현진은 미안한 얼굴로 아카네를 쳐다보았다.

"아카네, 미안한데 지금 1층 호텔 커피숍에 좀 다녀와야 할 것 같아."

"그래요? 다녀오세요."

"미안, 혼자 있게 해서."

"아니에요, 괜찮아요. 어서 다녀오세요."

"알았어, 금방 다녀올게. 자지 말고 기다려! 알았지?"

"후훗, 알았어요. 안 자고 기다리고 있을게요."

아카네가 귀엽게 웃으며 말했다. 구현진은 침대에서 나와 트레이닝복을 입었다.

"진짜 금방 다녀올 테니까, 나 올 때까지 자지 마!"

"알았다니까요. 어서 다녀오세요."

구현진은 아카네에게 몇 번이고 다짐을 받고서야 호텔 방을 나섰다. 아카네는 구현진이 나가고 침대에 앉았다. 다리를 구부려 가슴까지 끌어당기고 살며시 감쌌다.

"후우, 오빠가 올 때까지 뭐 하고 있지?"

엘리베이터를 탄 구현진의 표정은 사뭇 진지했다. 수화기 너머 박동희의 말은 에인절스의 단장인 피터 레이놀이 지금 호텔 아래에 와 있다는 것이었다. 미국으로 돌아가기 전, 꼭 마무리 지어야 할 일이 있다고 했다.

"후우, 계약 때문에 그러나? 하지만 하필 오늘……."

구현진은 살짝 기분이 언짢았다. 물론 피터 레이놀 단장에게도 피치 못할 사정이 있다는 것쯤은 안다.

'그래도 중요한(?) 거사를 치를 타이밍이었는데…….'

구현진이 그 생각을 하고 있을 때 띵동! 하며 엘리베이터 문이 열렸다. 구현진은 곧바로 1층 로비를 지나 호텔 커피숍을 들어갔다. 그러자 저 멀리서 박동희가 손을 들었다.

"현진아, 여기!"

"아니, 도대체 무슨 일이에요?"

구현진이 박동희가 있는 곳으로 갔다. 역시 그곳에는 피터 레이놀 단장이 와 있었다. 그리고 옆에는 보좌관 레이 심슨도 함께였다. 피터 레이놀 단장이 구현진을 보며 말했다.

"구, 정말 미안하게 되었습니다. 첫날밤인데 방해하면 안 되는 줄 알면서도 실례를 범했네요. 이해해 주세요."

"네, 무척 실례했죠. 하하, 하하핫!"

구현진은 영어 대신 한국말로 대답했다. 그 순간 피터 레이놀 단장이 고개를 갸웃했다.

“무슨 말인지는 못 알아듣겠지만 느낌상 듣기 좋은 소리는 아닌 것 같은데……. 맞나요?”

“아, 아닙니다. 일단 앉으세요.”

구현진이 곧바로 영어로 대답했다. 일단 자리에 앉은 피터 레이놀 단장이 입을 열었다.

“말을 돌리지는 않겠습니다. 어차피 시간도 오래 끌 생각도 없고, 지금이 아니면 얘기를 꺼낼 수도 없을 것 같으니 말이죠. 일단 한 가지만 물어보고 본격적으로 이야기를 시작하겠습니다. 구는 우리 에인절스에 계속 있을 생각인가요?”

피터 레이놀 단장의 물음에 구현진이 ‘뭐지?’라는 반응을 보였다. 그것도 잠시 곧바로 미소를 지으며 고개를 끄덕였다.

“당연합니다. 전 에인절스를 떠날 생각이 없습니다.”

피터 레이놀 단장이 웃으며 말했다.

“그럼 우리들의 장기 계약 조건에 응할 수 있습니까?”

구현진이 옆에 있는 박동희를 바라보았다. 박동희가 슬쩍 고개를 끄덕였다. 안 그래도 결혼식 일주일 전에 장기 계약에 대한 첫 번째 계약서를 받았었다. 그 부분에 대해서 박동희와 어느 정도 의견 조율을 했었다.

하지만 조금은 실망했다. 생각보다 금액이 낮게 왔기 때문이었다. 그래서 좀 더 생각해 보겠다는 의사를 보냈다. 박동희 역시 이 부분은 자신에게 맡기라고 했다. 그런데 이렇게 직접 단장이 찾아와 물어보니 당황스러울 수밖에 없었다. 잠시 고민한 구현진이 입을 열었다.

"충분히 생각해 봤어요. 하지만 난 아직 내가 가진 기량을 전부 보여주지 못한 것 같아요. 올해 제대로 한번 던져보고 싶어요. 장기 계약은 그다음에 해도 늦지 않을 것 같아요."

구현진의 말을 듣고 피터 레이놀 단장의 표정이 살짝 굳어졌다.

"구, 혹시 금액적인 부분이 마음에 들지 않는 겁니까?"

피터 레이놀 단장은 구현진을 오해하고 있었다. 말이 'ㅏ' 다르고 'ㅓ' 다르듯, 단순히 금액이 마음에 안 들었던 것은 아니었다.

아직 자신의 최대 역량을 보여주지 못했는데 그것으로 연봉을 평가받는 것이 싫었을 뿐이었다. 구현진은 실질적인 금액 역시 중요하지만 최선을 다했을 때, 에인절스가 자신을 어떻게 판단하는지 알고 싶었다.

"아니, 그런 부분이 아닙니다. 현재 에인절스에서 날 어떻게 판단하고 있는지 충분히 이해했습니다."

"아니, 그 부분에 대해서 그렇게 오해하면 안 돼요. 이해관계의 문제이기 때문에……."

"아뇨, 괜찮아요. 이해합니다. 그러나, 솔직히 말씀드리면 금액적인 부분에 대해서 조금은 실망한 것도 사실이에요."

구현진이 금액적인 부분에 대해서 언급하자 피터 레이놀 단장이 '그럼 그렇지'라는 듯 고개를 끄덕였다. 구현진의 말은 계속 이어졌다.

"따지고 보면 제가 보여주었던 것이 에인절스로서는 그뿐이었기 때문 아니겠습니까? 구단의 판단을 존중합니다. 다만, 저 역시 제가 그 정도 투수가 아니라는 것을 증명하고 싶다는 뜻입니다."

그러자 피터 레이놀 단장이 당황하며 손사래를 쳤다.

"아, 아니……. 그런 뜻이 아니라 서로 의견을 맞춰가며 조율하는 방향으로 갔으면 해서 말한 것입니다."

원래 피터 레이놀 단장은 적은 금액을 던져놓고, 금액을 조절해 나가는 방식으로 계약을 해왔었다. 그것이 불필요한 지출을 막는 좋은 방법이었기 때문이다. 구현진을 누구보다 아끼는 그였으나, 구단 재정을 생각해야만 하는 입장에서는 어쩔 수 없는 선택이었다.

하나, 구현진의 반응은 다른 선수들과 조금 달랐다. 피드백이 없었다. 아예 선을 그어버리고 협상을 진행할 의사가 없었다. 마치 '날 이것밖에 생각을 안 해? 실망인데?'라고 말하는 것 같았다. 구현진은 그런 의도로 말하는 것이 아닌데 말이다.

"구! 이건 비즈니스입니다. 그런 영역이 아니에요."

피터 레이놀 단장이 황급히 말했다. 구현진이 미소를 지으며 말했다.

"아니, 정말 괜찮아요. 올해 정말 잘 던져서 재평가를 받고 싶어요. 그리고 오랫동안 신부를 혼자 방에 두고 있어서 일어나 봐야 할 것 같아요. 어쨌든 결혼식에 참석에 주셔서 정말 감사합니다. 미국에 가서 뵙도록 하겠습니다."

구현진이 자리에서 일어나 피터 레이놀 단장에게 인사하고 그 자리를 벗어났다. 피터 레이놀 단장은 구현진을 붙잡고 싶었지만 그러지 못했다.

"하아…… 이게 아닌데……."

피터 레이놀 단장이 깊은 한숨을 내쉬었다. 그리고 앞에 앉아 있는 에이전트 박동희를 바라보았다.

"아니, 상황이 왜 이렇게 되었죠? 혹시 다른 팀에 관심 있는 거 아닙니까?"

그러자 박동희가 피식 웃었다.

"모르죠. 제가 그 속을 어떻게 알겠습니까. 하지만 구현진에게 관심 없는 구단이 어디 있겠어요?"

그 말에 피터 레이놀 단장이 난처한 표정을 지었다.

"아니, 왜 그러십니까. 어디 섭섭한 것 있었습니까? 금액이 그렇게 마음에 들지 않았습니까?"

그 말에 박동희 역시 진지한 표정이 되었다.

"그럼 제가 묻겠습니다. 그 금액이 진정 베스트라고 생각하고 배팅하신 것입니까?"

"물론 그건 아니죠."

"네, 저도 알고 있습니다. 구단에서도 어느 정도 조절할 생각으로 제시하셨단 정도는요. 저 역시 불필요한 지출을 줄이려는 의도와 생각에는 공감합니다. 그것이 장기 계약에 대한 룰이니까요. 하지만 구현진은 에인절스와 평생 함께하고 에인절스에 뼈를 묻을 생각이었어요. 사실 금액적인 부분이 자신의 기대치로 선수들에게 대변될 수 있어요. 그런데 구단 측에서 제시한 금액을 본 구현진은 '자신의 미래에 대한 가치가 이 정도밖에 안 되는구나.' 하고 실망했을 수도 있죠. 그래서 좀 더 자신의 가치를 보여주고 싶은 거구요."

"어떻게 다시 설득할 방법이 없을까요? 원하시는 금액을 직접 제시해 줘도 좋고요."

"아뇨, 올해는 연봉 조정하시죠. 그게 지금은 좋을 것 같습니다."

"아……."

피터 레이놀 단장은 약간 실망한 얼굴이 되었다. 박동희가 미소를 지으며 말했다.

"어쨌든 이번 년은 이대로 가시고, 내년에 다시 얘기하죠. 구현진 선수는 이제 막 결혼했잖아요. 이래저래 정신이 없을 겁니다. 무엇보다 첫날밤도 보내야 하는데……."

박동희가 괜히 첫날밤을 방해하고 있다는 투로 슬쩍 흘렸다.

"알겠습니다."

"그럼 조심해서 돌아가세요."

박동희 역시 인사를 하고 자리를 벗어났다. 박동희가 가고 피터 레이놀 단장이 의자에 몸을 깊숙이 묻었다.

"후우……. 이거 내가 너무 막무가내로 밀어붙였나?"

레이 심슨이 고개를 가로저었다.

"그건 아닌 것 같아요. 단지, 시기가 좋지 않았어요."

"시기?"

"결혼식이잖아요. 타이밍이 좋지 않았단 말이죠. 게다가 신부와 좋은 밤을 보낼 시간인데 이렇듯 불쑥 찾아온 것도 실례고……."

"나도 알아. 하지만 오늘이 아니면 만날 시간이 없잖아. 얘기할 시간도 말이야. 그래서 충분히 사과도 했고, 양해를 구했다고."

"알아요. 그러나 입장을 바꿔놓고 생각해 봐요. 신부와의 첫날밤인데 방해받고 싶겠어요? 단장님은 어때요?"

"……."

피터 레이놀 단장은 아무런 말도 할 수 없었다. 그저 깊은 한숨만 푹푹 내쉬었다.

구현진은 엘리베이터에서 내려 복도를 따라 걸었다. 표정이 그다지 좋지는 않았다. 그러다가 오늘 아카네와 첫날밤을 보낼 스위트 룸 앞에 섰다. 구현진은 문 앞에서 잠시 대기했다. 그러다가 이내 표정을 밝게 하며 문을 열고 들어갔다.

"나 왔어, 아카네."

그러나 아카네의 음성이 들리지 않았다.

"아카네?"

구현진이 다시 불러보았지만, 반응이 없었다. 구현진은 곧장 침실로 향했다. 그리고 기다림에 지친 아카네가 침대 위에서 새우잠을 자고 있었다.

"훗!"

그 모습을 본 구현진은 그냥 피식 웃고 말았다. 결혼식을 치르느라 엄청 피곤했던 모양이었다.

"하긴 많이 피곤했겠지. 그래도 첫날밤인데……."

구현진은 많이 아쉬운 얼굴이었다. 그렇다고 곤히 자는 사람을 깨울 수도 없었다. 아무리 가슴 속에 늑대를 품고 있어도 말이다.

"오늘 밤은 어쩔 수 없나?"

구현진은 그렇게 중얼거리고는 아카네에게 조심스럽게 다가가 이불을 덮어주었다. 그러자 아카네가 몸을 움직였다. 구현진은 움찔하며 멈추었다. 하지만 아카네는 다시 새근새근 잠이 들었다.

이불을 가슴까지 덮어 준 구현진이 잠든 아카네를 바라보았다. 그녀의 자는 모습을 보는 구현진은 절로 입가에 미소가 그려졌다.

"잘 자, 예쁜 나의 공주님!"

그 말과 함께 아카네의 이마에 가볍게 입맞춤을 해주었다.

2.

구현진은 신혼여행을 다녀온 그다음 날 곧장 박동희의 에이전트 사무실로 향했다.

"형, 저 왔어요."

"오오, 신혼여행은 잘 다녀왔어?"

"네."

"재미있었어?"

"네, 엄청요."

"얼굴 보니 좋아 보인다."

"헤헤헤."

구현진이 웃으며 자리에 앉았다. 그 앞에 수북히 쌓인 계약서들이 보였다.

"우와, 이게 뭐예요?"

"뭐긴 광고 계약 건이지. 너 오늘부터 엄청 바쁠 거야."

"헐, 도대체 몇 개나 돼요?"

"15개 정도 돼."

"이걸 다 찍어요?"

"그건 무리지. 한 6, 7개 정도만 찍자! 그 정도는 해줘야지."

"아, 알았어요."

구현진은 벌써부터 죽을상을 지었다. 박동희가 하나의 서류를 들고 자리에 앉았다.

"제수씨는?"

"지금 부산에 있어요. 아버지랑 어찌나 장단이 잘 맞는지 몰라요."

"그래? 다행이네. 그보다 첫날밤은 잘 보냈어? 어떻게 조카는 기대해도 되는 거야?"

박동희의 물음에 구현진이 미소를 머금었다.

"오오오, 그 미소는 뭐냐? 내년에 조카를 기대해도 된다는 뭐, 그런 뜻이냐?"

"뭐? 그래도 될 것 같네요."

"자식이, 총각인 날 두고 너무 티 낸다. 부럽게!"

"형도 어서 장가가요."

"여자가 있어야 가지, 여자가!"

"주위를 잘 찾아봐요. 아! 맞다, 전에 김 기자님이시던가? 맞죠? 그분이 은근히 형 좋아하던 것 같던데."

구현진의 물음에 박동희의 얼굴이 붉어지며 헛기침을 내뱉었다.

"뭐, 뭔 소리야. 김 기자와는……. 아냐."

"에이, 뭐야. 말까지 더듬고, 뭔가 있는 것 같은데. 잘해봐요. 둘이 잘 어울리는 것 같던데."

"됐어, 인마! 그보다 구단에서 메일 왔어."

박동희의 말에 구현진의 표정이 진지해졌다.

"구단에서요? 무슨 메일인데요?"

"전에 얘기 나눴던 장기 계약!"

"그건 이미 끝난 얘기잖아요."

"구단에서 미련을 못 버렸나 봐. 다시 제시했어. 그러면서 그땐 정말 미안했다고, 구의 가치는 절대 그 정도가 아니라고. 그렇게 말하더라."

"아, 그래요? 그럼 이번엔 얼마를 제시했는데요?"

"확실히 전보다는 금액이 좀 높더라."

박동희가 대답하면서 서류를 내밀었다. 구현진이 그것을 집어 들었다.

"이거예요?"

"그래, 구단에서 제시한 조건은 두 가지야."

"두 가지요?"

구현진이 서류를 한 장은 빠르게 넘겼다. 그사이 박동희가 말을 계속해서 이어갔다.

"일단 보면 알겠지만 전보다는 금액이 많이 올랐어. 하지만 지금 넌 생각이 없잖아. 올해는 무조건 연봉 조정을 통해 계약하고 장기는 내년쯤 생각할 거지?"

"그럼요, 나의 가치를 제대로 증명받고 싶으니까요."

"그래, 알았어. 그냥 이건 맛보기라고 생각해."

"알았어요."

그 뒤 박동희가 차근차근 설명했다.

"아까 두 개의 안이 있다고 했잖아. 첫 번째 안은 7년간 1억 7천만 달러. 옵트 아웃 조항이 없어. 2안은 10년에 2억 5천만 달러, 대신 6년 후 옵트 아웃 조항이 있어. 그런데 둘 다 앞에 몇 년 동안은 얼마 받지 못해. 이건 쉽게 바뀌지 않는가 봐."

"얼마인데요?"

"1안은 첫해가 1,150만 달러, 2년째는 1,700만 달러, 3년째 2,500만 달러, 4년은 2,650만 5년부터 7년까지는 3,000만 달러야. 2안은 역시 초반은 약해. 하지만 4, 5년은 매년 2,500만 달러이고, 옵트 아웃이 실행되는 그 시점부터는 3,000만 달러가 넘어."

"그렇구나. 제법 많이 오르긴 했네요."

"그렇지. 많이 올랐지. 하지만 다른 사람을 예를 들어볼까? 2015년도에 말린스 구단에서 초대형 계약이 나온 거 알지."

"아, 알아요. 스텐리든가?"

"그래, 지안카를로 스텐리! 말린스와 13년간 3억 2,500만 달러에 초대형 계약을 발표했잖아."

"기억나요."

"비록 타자지만 여기서 잘 생각해 보면 돼. 스텐리의 세부조건을 보면 이래. 일단 계약 첫해인 2015시즌에는 650만 달러를 받고, 2016, 2017시즌에는 각각 900만 달러와 1,450만 달러를 받기로 되어 있었어. 이어 계약 4년째인 2018년부터 연봉이 수직 상승 해 2,500만 달러를 받고 2019년과 2020년에는 2,600만 달러는 각각 받기로 되어 있어. 여기서 6년 후 FA 자격을 얻을 수 있는 옵트 아웃 조항이 있지. 그러니까, 올해 FA가 되는 거야."

"아…… 그렇구나."

"잘 봐, 작년에도 홈런 60개를 때려내 주가가 엄청 올라갔잖아. 여러 구단에서 노리고 있다고, 물론 다저스가 노린다는 소문이 돌긴 하는데 천문학적이 금액이 발생할 거야. 그건 무시 못 해. 어쨌든 여기서 내가 말하는 것은 초반에는 그리 많은 돈을 받지 못한다는 거야."

구현진이 고개를 끄덕였다.

"뭐, 예를 들어서 말하는 거지. 어쨌든 현진이 네가 자존심을 생각한다면 8년으로 해서 6년째 옵트 아웃을 해도 상관없어. 아니, 누구나 공을 잘 던지면 6년 후에 옵트 아웃을 실행하겠지. 지금보다 더 많은 돈을 받을 수 있으니까. 너무 뻔한 얘기야. 어쨌든 이 계약상 구단에서는 네가 가장 젊은 전성기에 뽕을 뽑을 생각인가 봐."

"그렇구나. 그럼 6년짜리로 하고, 4년 후 옵트 아웃 조항을 넣을 수는 없어요?"

"안 그래도 그 얘기를 꺼냈지. 그런데 구단에서 난처하다네. 그 부분에서는 절대 양보할 수 없다는 입장이야."

그도 그럴 것이 현재 구현진은 3년 후면 FA가 된다.

4년째 옵트 아웃을 실행하면 FA 계약을 1년밖에 안 하게 되는 것이었다.

구단으로서는 수용할 수 없는 조건이었다. 그런 계약을 해 봤자 큰 의미가 없기 때문이었다.

"뭐, 잘 얘기해 보면 5년째 옵트 아웃 조항을 넣어줄지도 몰라. 그럴 경우에는 총액이 좀 줄어들 수가 있지. 사실 이건 나도 권하지는 못하겠어. 실익이 별로 없으니까."

"흠, 그렇구나."

구현진은 고개를 끄덕이며 고민했다. 잠깐의 시간이 흐른 후 박동희를 보았다.

"형은 어떻게 했으면 좋겠어요? 전에 말했던 것처럼 연봉 조정으로 가요?"

"그래, 이왕 맘을 먹었잖아. 게다가 구단에서 어느 정도 생각하고 있었는지도 알았고, 올해 잘 던지면 내년 장기 계약 때 또 달라지겠지."

"알았어요. 연봉 조정으로 가요. 그보다 얼마 신청할 거예요?"

"일단 구단하고 상의는 하겠지만 1,000만 달러 이상은 받을 생각이야. 어차피 장기 계약 첫 번째도 그 정도는 되니까. 그 조건을 구단에서 수용하면 굳이 연봉 조정 신청을 하지 않아도 되고, 만약 갭이 있다면 해야지. 우리로서 손해 보는 건 아니지."

"어련히 알아서 잘하실까. 그보다 전 에인절스가 좋아요. 여기서 끝까지 가고 싶은 심정이에요."

"알아. 하지만 넌 프로잖아. 프로는 돈으로 움직여야지. 아무리 좋은 말을 들어도, 결국 너를 인정해 주는 가장 큰 지표는 돈이야. 네가 이만큼 잘해주는데, 구단에서도 제대로 된 금액을 부르는 게 서로에 대한 예의지. 나도 에인절스가 너와 내가 만족할 만한 금액을 제시하면 당연히 에인절스에 남는 게 좋다고 생각해. 다른 팀에 옮기면 또다시 적응 문제도 생길 테고, 리그도 그렇고 말이야."

박동희의 말에 구현진이 고개를 끄덕였다. 박동희의 말이

전적으로 옳았기 때문이었다.

"형 말이 맞네요."

"그럼, 그리고 올해 초에 WBC도 있잖아. 넌 당연히 뽑힐 거고. WBC에서 잘 던질 이유가 생긴 거지?"

"WBC가 있었지 참."

"안 그래도 선 감독님이 너 신혼여행에서 언제 돌아오냐고 물어보더라."

"그렇구나 조만간 소집되겠네."

WBC는 3월 중순쯤에 시작되기 때문에 참가하는 선수들은 대개 일찍 컨디션을 끌어올린다. 구현진 역시 WBC에 참가해야 해서 조만간 훈련해야 했다.

"현진아."

"네, 형."

"넌 아직 젊고, 프리미어12나 올림픽에서 좋은 성적을 냈지만, 그것만으로 국제무대에서 인정받기엔 한계가 있어. 모든 메이저리거가 참가하는 WBC에서 너의 가치를 증명한다면 네 주가는 더욱 올라갈 거야. 그럼 장기 계약 때 유리한 고지에 올라설 수 있어."

박동희의 말에 구현진이 고개를 끄덕였다. 모든 메이저리그가 참가하는 WBC에서 잘한다면 확실하게 효과는 있을 것이다.

"거기서 넌 무조건 강한 상대와 붙을 텐데 좋은 성적을 거둔다면 너의 몸값은 더 뛸 거야. 그런 기회가 있는데 굳이 구단을 배려해서 이런 계약을 할 필요는 없어. 너는 프로야. 프로는 돈이야. 아무리 에인절스가 너에게 잘해준다고 해도 네가 제대로 된 대우를 못 받으면 함께할 이유가 없는 거야. 너를 진정 인정한다면 더 많은 돈을 가지고 오는 게 맞아. 양보할 필요 없어. 이게 바로 프로의 세계야."

"알겠어요, 형. 조금만 더 생각해 볼게요."

"알았다. 그리고 참 광고는 어떻게 할래?"

"형이 알아서 적당히 추려서 말해줘요. 어차피 다음 달부터 WBC에 대비해 몸을 만들어야 하니까요."

"알았다. 광고 쪽은 형이 알아서 준비할게."

"네, 그럼 저 가볼게요."

"그래."

그렇게 구현진은 박동희 사무실을 빠져나왔다. 그리고 밖으로 나와 하늘을 올려다보았다. 몇 개의 구름이 지나갔다. 햇볕은 따사로웠지만 바람은 다소 차가웠다.

"으으으, 아직은 춥다."

1월이라 그런지 바람이 쌀쌀했다. 구현진은 비행기를 타고 곧장 김해공항을 향했다. 그리고 그날 저녁 부산 집에 도착했다.

"오빠 왔어요?"

"아들 왔어?"

"네, 아버지, 아카네."

구현진은 인사하고 자기 방으로 들어갔다. 아카케 역시 따라 들어왔다.

"서울에 간 일은 잘되었어요?"

"어? 그래."

아카네는 구현진의 얼굴을 살폈다. 뭔가 고민이 많은 얼굴이었다.

"고민이 많은 얼굴이네요. 무슨 고민인데요."

아카네의 물음에 구현진이 잠시 바라보았다.

"아카네 여기 앉아봐."

구현진이 침대에 아카네를 앉혔다. 구현진도 아카네 옆에 앉으며 말했다.

"그게 말이야. 구단에서 장기 계약 얘기가 나왔어. 그런데 우리가 생각한 만큼의 조건이 아니네. 그래서 올해는 연봉 조정 신청을 할지 고민 중이야."

"오빠 생각은 어때요?"

"난 에인절스와 함께하고 싶고, 장기 계약을 하면 일단 안정적이니까……."

"그런데 문제는 조건이 맘에 들지 않는다?"

"그렇지."

"그럼 안 하면 되잖아요."

"그게 간단치가 않아. 우리 앞날도 생각해야 하고, 내년에도 올해만큼 잘할지 의문이 들어. 그것 말고도 이것저것 고민할 것이 많네. 매년 불안한 마음으로 공을 던지고 싶진 않아."

구현진의 걱정이 무엇인지 아카네는 알았다. 아카네가 구현진을 똑바로 바라봤다.

"오빠."

"말해."

"전 항상 오빠를 믿어요. 올해도, 내년에도 오빠는 꾸준히 항상 좋은 모습만 보여준다는 것을요. 그러니 고민하지 마세요. 불안한 마음 버리세요. 항상 오빠는 잘할 거라는 것만 생각하세요. 전 어떤 것도 바라지 않으니까요. 그저 전 오빠를 믿을 뿐이에요."

아카네가 환한 얼굴로 얘기해 주자 구현진이 한결 마음이 편안해졌다.

"고마워, 아카네. 한결 편안해졌어."

"다행이네요. 그럼 옷 갈아입고 나오세요. 저녁 준비 다 되었어요."

"알았어."

아카네는 구현진이 갈아입을 옷을 꺼내놓고 나갔다. 홀로 남은 구현진은 어느 정도 생각을 정리했다. 그리고 상의 주머니에서 스마트 폰을 꺼내 전화를 걸었다.

"네, 형. 저예요. 연봉 조정 신청하죠."

-그래, 잘 생각했다. 올해 잘하면 내년에 좀 더 좋은 걸로 장기 계약 들어올 거야. 그리고 연봉 조정 신청은 얼마 정도 예상하니?

"형은 얼마 정도 했으면 좋겠어요?"

-후후, 나야 많으면 좋지. 일단 예를 들어보겠지만 한 천만 달러 이상은 낼 생각이야. 먼저 구단에서 제시하는 금액을 봐야겠지만.

"알겠어요. 형이 알아서 잘해주세요."

-그래. 아 참! 광고는 4개로 했다. 조만간 날짜와 시간은 알려줄게.

"그래요, 형."

구현진은 전화를 끊고 한결 부드러워진 얼굴이 되었다.

"그럼 옷을 갈아입어 볼까."

구현진은 아카네가 준비해 둔 옷으로 갈아입었다.

그때 아카네의 음성이 들려왔다.

"오빠, 식사하세요."

"이늠아, 퍼뜩 안 나오고 뭐 하노. 우리 아가가, 밥 차린 지가 은젠데!"

"네네, 나가요."

구현진이 서둘러 옷을 입고 나갔다. 그러자 거실에는 커다란 상에 엄청난 양의 반찬이 쏟아져 나왔다.

"헉! 이, 이게 뭐야?"

"왜요? 모자라요?"

"아, 아니 너무 많이 한 거 아냐?"

"아, 어떻게 하다 보니까 좀 많이 했어요."

"손도 크네."

아버지가 가만히 듣고는 한 소리 했다.

"자고로 맏며느리는 손이 커도 된다. 게안타, 아가!"

"네, 아버님. 식기 전에 어서 드세요."

"오야."

아버지가 먼저 한 숟가락 떴다. 된장국을 떠서 입으로 가져갔다. 아카네가 긴장한 얼굴로 바라보았다.

"카아, 맛나네. 아가, 이거 참 맛난다."

"다행이다, 맛있게 드세요, 아버님."

"오야, 너도 어여 묵어라."

"네. 오빠도……."

"그래."

구현진 역시 숟가락을 들어 밥 한술을 떴다. 그리고 천천히 아버지와 아카네를 바라보았다. 아버지는 연신 '아가, 우리 아가'라면서 아카네를 예뻐해 주었다. 아카네 역시 '네, 아버님'이라며 살갑게 답했다.

그런 모습을 보는 구현진의 입가에 절로 미소가 번졌다. 아카네가 집에 들어오면서 삭막했던 집 안 분위기가 환하게 바뀌는 것 같았다.

'결혼 잘한 거 같아.'

그때였다. 구현진에게 전화가 왔다.

"이 시간에 무슨 전화지?"

"오빠 식사하세요. 제가 가져다 드릴게요."

아카네가 황급히 움직였다. 그리고 스마트 폰을 들고 구현진에게 내밀었다. 발신자는 모르는 전화번호가 찍혀 있었다.

"누구지?"

구현진이 전화를 받았다. 수화기 너머 익숙한 목소리가 들려왔다.

-현진아, 나다!

구현진의 눈이 번쩍하고 떠졌다.

"네, 감독님!"

수화기 너머 들려온 목소리는 선동인 감독이었다. 구현진이 재빨리 일어났다.

"감독님, 잠시만요."

구현진은 스마트 폰을 들고 방으로 들어갔다. 침대에 걸터앉아 다시 전화를 받았다.

"네, 감독님. 구현진입니다."

-그래, 지금 부산이냐?

"네. 조금 전에 내려왔어요."

구현진은 선동인 감독님이 무슨 일 때문에 전화했는지 대충 알고 있었다.

"WBC 때문에 연락하셨어요?"

-그래, 이번에도 네 도움이 많이 필요하게 되었다. 나올 수 있지?

"그럼요. 당연히 나가야죠."

-그래, 고맙다. 내일 발표는 나겠지만 대표 팀 소집은 2월 9일이다.

"아, 2월 9일요?"

구현진은 슬쩍 달력을 보았다. 약 12일 정도 남아 있었다.

"알겠습니다, 감독님. 그런데 이걸 알려주려고 전화하신 거예요?"

-뭐, 겸사겸사?

"이런 건 감독님께서 직접 하지 않으셔도 되는데……."

구현진은 솔직히 부담스러웠다. 다르게 말하면 선동인 감독님이 자신을 챙겨주는 느낌이 기쁘지만 그래도 어쩔 수 없이 부담스럽긴 했다.

-현진이 너 목소리도 듣고 싶기도 했고……. 사실 우리 야구 대표 팀 사정이 좋지 않다는 것은 너도 잘 알 거야. 게다가 내

일 발표될 대표 팀 명단을 보면 알겠지만 베테랑이 거의 없어. 부상이나, 컨디션 조절 실패로 불참하는 사람이 많아. 그래서 대부분 국내 젊은 선수 위주로 뽑았다. 그 와중에 현진이 너만 유일하게 해외파야.

"아, 그렇군요."

-이번에도 목표는 역시 우승이다. 그러려면 너의 도움이 절실히 필요해.

"걱정 마세요. 저도 우승할 수 있게 큰 힘이 되겠습니다. 언제든지 불러주세요. 선발이든, 중계든, 마무리든 나갈 준비하겠습니다."

-고맙다. 아무튼 컨디션 조절 잘하고, 소집일에 보자!

"네, 감독님 들어가세요."

구현진은 전화를 끊고 잠시 스마트 폰을 바라보았다. 그리고 작게 한숨을 내쉬었다.

"감독님께서 고민이 많으신가 보네. 내가 힘이 되어 드려야지."

구현진이 낮게 중얼거린 후 밖에 나갔다. 아버지와 아카네는 이미 식사하던 중이었다.

"어? 오빠 끝났어요?"

"끝났어."

"국 다시 가져올게요."

아카네가 곧바로 국그릇을 들고 부엌으로 향했다. 구현진이 다시 자리에 앉자 아버지가 입을 열었다.

"선 감독이냐?"

"네."

"WBC 때문에?"

"네."

"당연히 나가고?"

"그럼요. 2월 9일에 소집한대요."

"12일밖에 안 남았네. 그람, 지금부터 컨디션 조절 들어가야겠네?"

"그래야죠."

"알았다."

그때 아카네가 따뜻한 국을 다시 퍼 왔다.

"어서 드세요."

"고마워."

아카네가 빙긋 미소를 지었다.

그로부터 일주일 후.

스포츠 신문에 대문짝만한 기사가 실렸다.

[구현진 연봉 조정 신청!]

[장기 계약 무산!]

이렇게 실리자 곧바로 에인절스 구단에서 이에 대한 상황을 발표했다.

[구단은 구현진에게 적절한 조건을 제시했지만, 구현진이 고사하여 연봉 조정으로 넘어갔다.]

이 기사에 팬들은 믿을 수 없다는 반응을 보였다.

41장
WBC(1)

I.

ㄴ에이, 아닐 거야. 구단에서 제대로 된 조건을 제시하지 않았겠지.

ㄴ맞아, 그랬을 거야. 우리 에인절스 프랜차이즈 스타인데 그러지는 않았겠지.

ㄴ아무리 그래도 구현진은 프로다. 프로는 돈으로 움직인다.

이런 댓글이 달리자 누군가 의미심장한 댓글을 달았다.

ㄴ이건 정말 고급 정보인데 우연히 구현진의 조건에 대한 소스를 얻을 수 있었다. 추정 금액이 7년 1억 9천만 달러에 5년 후 옵트 아웃 있더라.

그러자 그 밑에 또다시 댓글들이 달리기 시작했다.

ㄴ어? 이 정도면 괜찮은데. 왜 거절했지?

ㄴ에이, 구현진이 너무했네. 돈을 왜 이렇게 밝히지? 솔직히 구현진이 잘 던지기는 했지만 언제 퍼질지도 모르는데…….

ㄴ와, 아무리 구현진이 좋아도 이건 아닌 듯! 너무 돈을 밝히는 거 아니야?

ㄴ아닐 수도 있어. 구현진이 에인절스에 남고 싶지 않은 것일 수도 있지.

ㄴ에이, 설마! 우리의 구현진인데? 에인절스의 에이스인데?

ㄴ모르지. 구단에서 구현진에게 섭섭하게 한 것이 있을 수도 있지. 그래서 거절한 것일지도 몰라.

ㄴ아니야. 이건 내가 봤을 때 100% 돈이 적다고 생각한 거야. 분명해!

ㄴ설마 구현진이? 아니야. 아닐 거야!

이렇듯 팬들끼리 설왕설래하고 있었다. 그리고 얼마 후 구현진은 구단과 연봉 조정에 합의했다.

[구현진 구단과 연봉 조정 합의. 올해 연봉 1,150만 달러.]

└에이, 이 정도면 괜찮네. 나쁘지 않아.

└승리 기대치치고는 괜찮은 편이야. 구현진이 지난 3년간 워낙에 잘 던졌잖아. 거의 커쇼급으로 말이야.

└올해 저만큼 받는 만큼, 더 잘해주길 바랍니다. 올해는 꼭 사이영상 받길 바랄게요.

이렇듯 팬들 역시 대부분은 긍정적이 반응이었다.

그러면서 다른 한편으로는 전문가들이 나와 구현진의 연봉에 대해서 이런저런 얘기들을 나누고 있었다.

"구현진 선수가 연봉 조정을 통해 1,150만 달러를 받게 되었어요."

"네, 구현진 선수는 메이저리그에서 3년간 풀 타임으로 뛰었어요. 하지만 각종 국가대회에 차출되는 바람에 서비스 타임이 좀 모자랐어요. 하지만 수퍼 2조항에 해당되었지요. 그래서 곧바로 연봉 조정 신청에 들어갔고요. 그런데 알고 보니 그 전에 구단에서 미리 장기 계약 조건을 제시했다고 해요."

"저도 들었습니다. 구현진이 거절했다고 하더군요. 자신의 가치를 좀 더 증명해 보이겠다는 이유로 말이죠."

"여기서 조금 평가를 해보면 말이죠. 평균 메이저리그 선발투수가 10승을 거둔다고 가정했을 때 구현진은 그 수준을 훨씬 상회합니다. 10승 투수가 평균 받는 연봉이 거의 1,000만 달러 정도 돼요. 하지만 구현진은 매년 15승 이상씩 해줬어요. 작년만 해도 18승을 거두었으니까요. 사실 이런 관점으로 보면 구현진이 올해 받는 연봉 1,150만 달러는 조금 적은 편에 속합니다. 구현진이 손해를 감수했다고 볼 수 있습니다."

"그렇군요. 그냥 구단에서 제시한 장기 계약으로 갔다면 더 많은 돈을 받았을지도 모르겠군요."

"그렇죠. 이번 구현진의 생각은 미스라고 말하고 싶군요. 너무 큰 욕심을 부리지 않았나 하는 생각이 듭니다."

전문가들의 얘기를 들은 팬들 역시 좋지 않은 댓글들을 달았다.

└손해? 아니, 이건 인과응보다.

└맞음. 돈을 밝혀 에인절스를 떠나려는 의도다.

└프로가 아무리 돈에 움직인다고 하지만 구현진은 아닐 거라 생각을 했는데…….

└구현진도 사람이다. 돈에 안 무너질 사람이 어디 있나?

└그래도 구현진은 끝까지 있어 줬으면 좋겠다.

구현진의 여론이 좋지 않게 흘러가고 있었다. 그 와중에 구현진은 인근 학교에서 개인적인 훈련을 소화하고 있었다.

WBC 소집 전에 어느 정도는 컨디션을 올릴 필요가 있었다.

2.

2020년 월드 베이스볼 클래식이 열린다. 대회 기간은 3월 6일부터 22일까지며, 예선전을 통해 올라온 대한민국, 일본, 미국, 멕시코, 대만, 호주, 캐나다, 이탈리아, 네덜란드, 중국, 콜롬비아, 푸에르토리코, 이스라엘, 쿠바, 도미니카 공화국, 베네수엘라 등 16개국이 출전한다.

A조 대한민국, 대만, 네덜란드, 이스라엘.

B조 일본, 호주, 중국, 쿠바.

C조 미국, 캐나다, 콜롬비아, 도미니카 공화국.

D조 멕시코, 이탈리아, 푸에르토리코, 베네수엘라.

그리고 대한민국 대표 팀의 선수 명단이 발표되었다.

감독: 선동인.

코치: 이강칠, 이중범, 유제현, 정만철, 김주현, 진갑인.

투수: [우] 김윤진, 김명준, 이민수, 장현준, 박세웅, 박진영, 김세은.

[좌] 구현진, 구창문, 심재만, 함덕준.

[언더] 임기운.

포수: 장만호, 양의지.

내야수: 최원진, 류지훈, 박만수, 김하수, 하주식, 정훈.

외야수: 김성옥, 나고인, 이정훈, 안익준, 구자옥.

WBC 야구 대표 팀 명단이 발표된 후 선동인 감독 인터뷰 기사가 실렸다.

[이번 월드 베이스볼 클래식에서 우리 대표 팀은 우승을 목표로 삼고 있습니다.]

선동인 감독의 당찬 포부에 네티즌들의 반응을 싸늘했다. 특출한 이름도 없고, 그나마 구현진이 메이저리그에서 활약하고 있다지만 나머지는 모두 국내 선수들이었다. 메이저리거가 즐비한 다른 국가들을 상대로 이길 수 있을지 의문이었다.

ㄴ지랄하네. 우승? 웃음밖에 안 나오네.

ㄴ정신력이 약해져서 힘들어. 이번에도 1라운드 탈락이야. 뻔하지.

ㄴ다른 나라들 봐라. 메이저리거는 다 나오잖아. 저번 WBC 때 왕창 깨진 거 생각 못 하나? 1승 2패로 1라운드 탈락이었지?

└삽질할 게 뻔하다. 명단만 봐도 답이 안 나온다. 구현진 빼곤 도대체 믿을 만한 놈이 있어야지.

└맞아. 첫 대회에서 준우승, 두 번째에서는 4위, 세 번째에서는 1라운드 탈락. 쪽팔려서!

└이번 대회는 보나 마나네. 구현진 혼자 소년 가장 하다가 떨어지겠지.

└그래도 구현진이 있잖아. 밟아줄 거임.

└야구를 구현진 혼자 하냐? 다른 녀석들이 받쳐줘야지. 구현진은 많이 던져봤자 1라운드 한 번, 2라운드 한 번, 결승 한 번. 총 세 번밖에 못 던져. 그럼 나머지는?

└그나마 1라운드랑 2라운드를 통과해야 결승전을 노릴 수라도 있지. 이건 답이 없어.

└우리나라 야구가 점점 퇴보하는 느낌이야. 하아…….

└아무튼 이번 WBC도 1라운드 탈락 확정이야.

대부분의 네티즌은 모두 고개를 절레절레 흔들었다. 모든 댓글이 하나같이 부정적이었다.

하지만 선동인 감독은 무엇 때문인지 강한 자신감을 드러냈다. 시범경기를 통해 다른 팀들의 전력을 분석에 근거한 모양이었다.

3월 3일에 치러진 상무 야구단과 네덜란드의 시범경기에서 네덜란드를 불방망이를 뽐냈지만 투수진에서 약점을 보였다. 특히 셋업맨과 마무리가 취약했다.

그다음 4일에 벌어진 경찰 야구단과 이스라엘 간의 경기 역시 마찬가지였다. 이스라엘은 타격이 약한 팀이었다.

그리고 대만 역시 마이너리그에서 뛰는 선수들이 대거 출전했지만, 대한민국의 상대는 아닌 것 같았다.

선동인 감독은 이 모든 경기를 확인한 후 전략을 세웠다. 그리고 이길 수 있다는 자신감을 얻게 된 것이었다.

1라운드는 대한민국의 고척 돔에서 열린다. 3월 6일부터 9일까지 열리며 경기는 네덜란드를 시작으로 이스라엘, 대만으로 이어졌다.

이에 선동인 감독과 코치스태프들은 발 빠르게 회의를 시작했다. 수석 코치인 이강칠이 먼저 입을 열었다.

"자, 대회가 이틀 앞으로 다가왔습니다. 첫 상대가 네덜란드입니다. 투수 운용에 대해 말씀들 나눠보죠."

"어차피 확실한 선발 카드는 구현진인데, 네덜란드전에 내보내야 하지 않습니까?"

"이스라엘도 만만치가 않아요. 라이언 브랜이 이스라엘 대표 팀에 합류했다는 보도 못 보셨습니까?"

"네덜란드와 비교하면 떨어집니다. 상위 마이너리거들이 대거 합류했어요. 디디 그레고리우나 조나단 스쿱, 잰더 보가, 아시아 홈런왕인 블라디미르 발렌 등이 있습니다. 게다가 선발 투수로 벤덴헐크까지 나온다고 하지 않습니까."

"흐흠……."

다들 낮은 신음을 흘리며 고민했다.

그때 누군가 무거워진 분위기에 찬물을 끼얹었다.

"어차피 투구수 제한이 걸려 있지 않나요? 제가 알기로는 1라운드 때 65개로 제한이 걸려 있으니까…… 구현진 선수를 딱 50개만 던지게 하는 겁니다. 그리고 이틀 후에 또 던지게 하는 방안은 어떻습니까? 마무리로 써도 될 것 같은데……."

WBC에서는 선발 투수에게 투구수 제한을 걸었다. 1라운드에서는 65개, 2라운드에서는 90개, 준결승, 결승에는 100개의 제한을 뒀다.

또한 50개 이상 투구 시 4일 휴식이 필요하며 30개 이상 49개 이하 투구 시에는 1일 휴식이 주어졌다. 30개 미만으로 이틀 연속 투구를 하게 되어도 1일간 휴식을 해야 한다.

어쨌든 그 한마디에 선동인 감독을 비롯해 모든 코치가 발안자를 일제히 쳐다보았다. 모두 어이가 없는 듯했다.

"나 참! 이 자리에서 저런 말을 들을 줄이야. 자문 위원은 폼으로 하는지."

"지금 생각이 있는 거야, 없는 거야?"

"지금 장난하는 것도 아니고 말이야."

선동인 감독도 참지 못하고 한마디 했다.

“당신! 지금 제정신으로 하는 말이야? 아무리 승리가 급해도 그렇지 대한민국의 미래를 짊어질 투수에게 할 말이 있지 않은가! 이번 대회만 하고 망쳐놓을 생각이야? 그따위 정신머리를 가지고 있으니 우리나라 야구가 발전이 없는 거야!”

선동인 감독의 분노에 자문 위원은 민망한 나머지 고개를 들 수 없었다.

“아니, 분위기가 무거워서 농담으로……”

“거참 농담할 것이 따로 있지.”

“죄송합니다.”

젊은 자문 위원은 황급히 고개를 숙여 사과했다.

이강칠 수석 코치가 나섰다.

“일단 계속 진행하겠습니다.”

정만철 투수코치가 나섰다.

“구현진은 확실한 상대, 꼭 잡아야 하는 팀을 상대로 투입해야 합니다. 일단 1라운드 때 상대해야 할 팀 중에 전력적으로 가장 까다로운 나라는 대만입니다. 메이저리거도 많고, 최근 성적 역시 가장 좋습니다.”

정만철 코치는 잠시 목을 축인 뒤 말을 이었다.

“하지만 우리가 가장 어렵게 느끼는 상대는 네덜란드입니다. 힘 좋은 네덜란드를 상대로 구현진을 올리는 게 좋을 것 같습니다. 그리고 박세웅을 이스라엘전에 넣고, 대만전에 임기운을 넣는 것은 어떠십니까."

"오케이, 그럼 첫 경기인 네덜란드전에 구현진을 투입하는 것으로 하지. 나머지는 정만철 코치가 말한 대로 운용하면 될 것 같고. 무엇보다 자신감이야. 이길 수 있다고 북돋아주게. 예전과 달리 베테랑이 없는 지금, 그 역할을 자네들이 해줘야 할 걸세."

"네, 알겠습니다."

그렇게 회의가 끝났다. 그리고 그날 저녁 대표 팀 선수들에게 선발 라인업이 통보되었다. 모두 수긍하는 분위기였다. 무엇보다 이기자는 마음가짐으로 똘똘 뭉쳤다.

그날 저녁, WBC 1라운드 경기가 벌어지기 하루 전 전문가들이 모여 1라운드를 전망하고 있었다.

"각 팀의 선수 구성, 특히 네덜란드와 이스라엘의 선수 구성에 따라서 헬게이트가 될 수 있어요. 지난 대회 때도 메이저리거들이 대거 참석해 뼈아픈 기억이 남았습니다."

"네, 맞습니다. 이번에도 네덜란드와 이스라엘에 국가대표 자격이 있는 메이저리거 및 상위 마이너리거들이 대거 참가한다고 합니다. 우리나라가 홈에서 대회를 여는 이점에 총력전 태세를 갖추었더라도 예선 통과를 장담할 순 없습니다."

"그럼 지난 대회와 마찬가지로 보시는 건가요?"

"네, 대만을 이긴다 해도 이번 대회도 1승 2패가 되지 않을까 합니다."

"그렇군요. 조금 부정적인 전망을 내놓으셨습니다."

아나운서가 고개를 끄덕였다. 그때 한 자문 위원이 마이크를 잡았다.

"사실 그런 메이저리거들이 자국도 아니고 이스라엘을 위해서 굳이 스프링캠프가 한창인 시기에 팀을 떠날까요? 대한민국까지 오는 비행기 시간도 12시간이 걸립니다. 괜히 그런 수고를 할 가능성이 있나요? 컨디션을 망가뜨리면서까지요."

"지난 대회 때는 왔었지요. 물론 WBC에 참가한 선수들이 리그에 돌아가 초반에 별로 힘을 쓰지 못한 것은 사실입니다. 그 때문에 조금 꺼리는 분위기일 수도 있어요."

"어쨌든 우리 대한민국은 지난 대회의 치욕을 씻고 결선에 진출하기 위해서라도 이스라엘을 반드시 잡아야 합니다."

"당연합니다."

아나운서가 다시 마이크를 잡았다.

"그럼 이쯤에서 A조에 속한 나라를 확인해 보도록 하겠습니다. 먼저 네덜란드를 볼까요?"

아나운서와 전문가들이 서류 한 장을 넘겼다. 그곳에 네덜란드 선수와 그들에 대한 분석 자료가 적혀 있었다. 네덜란드는 당연히 이번 서울 1라운드 1위 후보였다. 네덜란드령 퀴라소 출신의 현역 메이저리거들이 총출동했기 때문이다.

"오오, 역시 지난 대회와 마찬가지로 메이저리거들이 모두 나왔네요. 디디 그레고리우, 잰더 보가, 조나다 스쿱, 안드렐 시몬, 주릭스 프로. 4년이 지났는데도 여전히 소속팀에서 주전 선수로 맹활약하고 있지요."

"네, 오히려 4년 전보다 전력이 올랐습니다. 내야진은 역시 최강이라고 봐야겠네요."

"일본 리그에서 뛰고 있는 홈런왕 블라디미르 발렌틴도 여전하고, 릭 밴덴헐크도 참석하네요. 결국 선발과 하위타선을 제외하곤 최고의 화력을 보유한 팀이 됐어요."

"그렇군요. 다만 선발이 조금 취약한 것도 사실입니다. 1선발은 확실하게 릭 밴덴헐크이고, 2선발이 대만 리그에서 뛰는 자이어 저지입니다. 나머지는 네덜란드 리그 선수를 중심으로 구성되어 있어요. 그나마도 불행인 것이 이번에는 다저스의 마무리, 젠슨도 참가한다고 하더군요."

"오오, 다저스가 허락한 모양입니다."

"그렇다고 하네요. 다만 나이가 좀 많죠. 커터도 옛날만큼 강하진 않아요."

"그래도 젠슨입니다. 무시할 수 없어요."

아나운서가 다시 마이크를 잡았다.

"네덜란드 전력은 확인했고, 그럼 대만을 알아보도록 하겠습니다."

"대만의 전력 역시 저번 대회보다 조금 올라간 느낌입니다. 하지만 일각에서는 이번 서울 라운드의 최약체는 이스라엘이 아니라 대만이라는 평가가 나오고 있어요."

"한번 보도록 하죠. 일단 미국 마이너리그 선수들이 대거 참석했어요. 양다이강, 천와인, 황촌진 그리고 일본 리그에서 뛰고 있는 천관우이, 궈정승, 쏭자하니 등을 중심 선수로 꼽을 수 있습니다."

"타자를 보면 대부분 자국 리그에서 활약하는 선수들이에요. 린즈셩, 자즈시엔, 린저슈엔. 대부분 대만에서 4할 언저리를 치고 있어요. 이들이 활약해 줘야 어느 정도 가능성이 있어 보입니다."

"네, 그렇군요. 그럼 마지막으로 이스라엘을 알아보도록 하겠습니다."

"이스라엘은 저번 대회 첫 출전에 이어 두 번째로 출전하게 되는 거죠."

"지난 대회와 마찬가지로 라이언 브론이 이스라엘 대표 팀으로 참가했어요. 게다가 트리플 A 유망주 제이슨 마틴, 샘 펄슨 등과 전직 빅 리거들이 대거 포함된 선수단으로 구성되어 있네요."

"그렇습니다. 전, 현직 메이저리거들이 총 11명이나 참석하고 있어요. 이번에도 대한민국은 좀 힘들지 않을까 생각합니다."

"그래도 대한민국 대표 팀은 할 수 있습니다. 제 소견이지만 조 2위까지는 무난하게 들 것입니다. 구현진 선수가 있기 때문이죠. 분명히 2라운드에 진출할 수 있을 것입니다."

전문가들은 좋지 않은 상황에서도 대한민국의 분전을 바랐다.

객관적인 데이터에서 기존 국가대표 선수들이 대거 은퇴한 기점에서 대한민국의 전력은 약해 보일 수밖에 없었다.

그러나 구현진의 존재가 대한민국 야구팬들에게 희망을 쥐여주고 있었다.

"내일로 다가온 1라운드 첫 경기, 네덜란드전에 구현진이 선발로 나섭니다. 아무쪼록 좋은 결과로 이어지길 바랍니다."

아나운서의 마무리 멘트로 경기 분석이 끝났다.

구현진은 1차전인 네덜란드전 선발로 확정된 후 장만호와 보다 효율적인 투구를 하기 위해 시간을 가졌다.

"여! 내일 1차전 선발 축하한다."

"야, 인마! 그게 축하받을 일이냐?"

"뭐꼬, 우쨌든 강한 상대를 만난다는 거 아이가."

"그래서 좋아?"

"후후, 내사 뭐, 경기에 나가는 것만으로도 좋제."

장만호가 실실 웃었다. 그 모습을 보고 구현진 역시 피식 웃었다. 참으로 단순한 녀석이라는 생각이 들었다.

"그보다, 애기는 잘 크냐?"

"우리 딸?"

장만호는 딸 얘기가 나오자 입가에 미소가 한가득 걸렸다.

"하모, 엄청 잘 크지. 얼마나 귀여운데. 함 볼래?"

장만호가 냉큼 스마트 폰을 꺼내서 딸의 사진을 구현진에게 보여주었다.

"봐라, 우째 이리 귀엽노. 맞제? 맞제?"

"그, 그래. 귀엽네. 딱 너네."

"맞나? 다른 사람들은 순정이 닮았다고 하던데."

"순정이 얼굴도 좀 있네."

"맞나. 그건 그렇고 넌 소식 없고?"

"무슨 소식?"

"무슨 소식이긴 애기 소식이지."

"아, 결혼한 지 얼마나 되었다고."

"그래도 퍼뜩 가지라."

"알았다. 그보다 내일 타자들 분석해야지."

구현진이 서류뭉치를 내밀었다. 그것을 받아 든 장만호가 말했다.

"이게 갸들 분석 자료가?"

"그래! 내가 아주 어렵게 구했다."

"일단 내 방에 갈까?"

"그래."

구현진은 장만호 방으로 가서 얘기를 나누기로 했다. 그렇게 하기로 정하고 이동하는 중에 정만철 투수코치가 들어왔다.

"현진아."

"네, 코치님!"

"나 좀 보자."

"네."

구현진은 장만호를 보았다.

"너 먼저 방에 가 있어."

"아니야, 만호도 같이 와."

"저도요?"

"그래."

구현진과 장만호는 정만철 투수코치가 묵고 있는 방에 들어갔다.

"일단 앉자."

구현진과 장만호가 자리에 앉아 정만철 투수코치가 이야기를 시작했다.

"너희 혹시 내일 경기에 대해 얘기 중이었냐?"

"아뇨, 이제 막 하려고요."

"잘됐다. 안 그래도 내일 네덜란드전에 대해서 몇 가지 해줄 말이 있어서."

"네, 말씀하세요."

정만철 투수코치가 자신이 나름 분석한 것을 얘기했다.

"일단 내일 네덜란드 선수 중에 디디에 그레고리, 블라디미르 발렌틴, 안드렐톤 시몬스 잰더 보가. 이 선수들을 조심해야 해. 너희도 알다시피 네덜란드 타자들이 빠른 공에 강하잖아. 물론 현진이 네가 빠른 공을 잘 던지는 것은 알지만 내일은 변화구 위주로 갔으면 해."

"변화구요?"

"그래, 네덜란드 타자들은 대부분 변화구에 약점을 보이고 있어. 그러니까, 현진이 너는 체인지업 위주로 투구를 펼치면 될 것 같아. 만호, 너도 이 점 신경 쓰면서 리드해 주고."

장만호가 살짝 고개를 갸웃했지만 이내 대답했다.

"네, 알겠습니다. 그런데 코치님."

"왜?"

"아, 아닙니더. 내일 변화구 위주로 주문하겠습니다."

"그렇게 해. 그럼 이만 나가봐. 어차피 너희 둘도 맞춰봐야 할 거 아냐."

"네."

구현진과 장만호가 방을 나섰다. 두 사람은 방으로 가면서도 정만철 투수코치의 의견을 선뜻 받아들일 수가 없었다. 너무 단조롭게 지시를 내렸기 때문이었다.

"야, 현진아."

장만호가 먼저 입을 열었다.

"왜?"

"내 생각이 맞는지는 모르겠지만 코치님이 말씀하신 내용은 좀 아닌 것 같거든. 네 생각은 어떻노?"

"나도 같은 생각이야. 근거가 없는 건 아닌데 너무 쉽게 생각하시는 것 같아."

"맞제? 나도 같은 생각이제."

"그래."

"하긴 현진이, 니 포심이 얼마나 좋은데. 그걸 안 던지게 하다니. 힘에는 힘! 그게 정답이제."

장만호가 자신 있게 대답했다. 그 모습을 넌지시 바라보는 구현진이 피식 웃었다.

"일단 방에 들어가서 마저 얘기하자."

"오야."

두 사람이 방으로 들어가고, 테이블에 앉아 본격적인 분석에 들어갔다.

"현진아, 내가 듣기로는 네덜란드 타자들은 있제. 힘이 장사여서 테이크 백 동작을 취하지 않는단다. 그 누구냐, 옛날의 자이언츠에 강타자 본즈 있지 않나."

장만호는 예를 들어 말했다.

"본즈, 그 타자가 바로 테이크 백 동작이 없다고 하잖아. 그냥 공을 끝까지 지켜보다가 방망이를 휘두른대. 워낙에 힘이 좋아가 그냥 넘어가 버린다고 하더라. 이번 네덜란드 타자들도 마찬가지겠지."

"맞아! 나도 얘들을 많이 상대했잖아. 하드웨어가 워낙에 강해서 스윙이 빠르고 좋아. 공을 끝까지 보고 치기 때문에 변화구에 쉽게 속지를 않더라."

네덜란드령 퀴라소는 현역 메이저리거를 많이 배출한 지역이다. 이들은 대부분 혼혈로 힘이 좋고, 방망이 스윙이 빨랐다. 게다가 남미 쪽 혼혈이 많아 라틴의 쫄깃쫄깃한 유전자를 그대로 가지고 있었다.

아마 최강 쿠바의 야구 스타일을 많이 따라 하고 있었다.

"그래서? 가들을 어찌 상대했는데."

"뭘, 어떻게 상대해. 그냥 힘으로 눌러 버렸지."

"맞제? 이 녀석들은 그냥 힘으로 눌러야 한다. 어설프게 변화구 던졌다간 노림수 당하기에 십상이야."

"그래, 내일 그렇게 하자!"

"오케이! 이제 니가 하던 걸 내한테 알리도. 내가 외울 테니까."

장만호가 분석 자료를 보며 말했다. 그러자 구현진이 피식 웃었다.

"야, 네가 외울 수나 있겠어?"

"와? 내 머리 못 믿나? 이래 봬도 나름 똑똑한 머리다."

"그래, 알았다. 일단 내가 쫙 뽑아줄게."

구현진은 말을 하고는 분석 자료에 시선을 보냈다.

"잘 들어. 1번 타자 디디, 이 녀석은 말이야……."

구현진은 하나하나 상대에 대해서 설명해 줬다. 구현진도 한 번 내지 여러 번 상대해 본 자들도 있었다. 설명을 끝낸 구현진이 장만호를 바라보았다.

"이해했어?"

"으음……."

장만호는 신음을 흘리며 분석 자료에서 눈을 떼지 못했다. 이에 구현진이 다시 한번 물었다.

"이해했냐고!"

"마, 지금 보고 있잖아!"

그렇게 약 10여 분이 흘러갔다. 장만호가 분석 자료를 덮고 구현진을 바라보았다.

"니 있잖아. 야들 상대해 봤다고 했제?"

"그래."

"그럼 야는 어떻노?"

장만호가 분석 자료에서 한 선수를 짚었다. 물론 직접 상대해 본 구현진의 의견을 존중해야 하는 것은 맞지만 국가대표 포수가 투수에게만 의존할 순 없는 법이었다. 더군다나 고등학교 때부터 배터리를 이루었던 구현진에게만은 자신도 그간 성장했다는 것을 보여주고 싶었다. 열정적으로 임할 수밖에 없었다.

"그 녀석은 몸쪽이 좀 약해."

"오케이 몸쪽 공."

장만호가 체크했다.

"그리고 이 녀석은 바깥쪽으로 흘러나가는 것에 방망이가 잘 따라 나와."

"알았어."

"이 녀석은 변화구에 약하고. 이 녀석은……."

구현진이 하나하나 선수를 가리키며 말했다. 그럴 때마다 장만호는 메모했다. 그렇게 두 사람의 네덜란드 분석은 늦은 밤까지 계속되었다.

다음 날 아침 경기 당일.

고척돔 야구장에서는 이미 많은 관중으로 꽉 들어차 있었다. 3루 측 더그아웃에는 네덜란드 선수들이 나와 몸을 풀고 있었다. 네덜란드 감독은 선수들을 보며 말했다.

"너희 구현진 스타일 알지? 리그에서 많이 상대해 봤을 거 아니야. 그래도 국제대회인 만큼 선불리 공격해 들어오지는 않을 거야. 그러니 공 끝까지 잘 지켜봐."

"네, 알겠습니다. 감독님!"

중계진은 벌써부터 경기 프리뷰를 했다.

-안녕하십니까, WBC 1라운드 1차전 대한민국 대 네덜란드의 경기를 시작하도록 하겠습니다. 도움 말씀에 이승협 위원입니다. 안녕하십니까.

-안녕하십니까.

-오늘 WBC 첫 경기입니다. 어떻게 전망하십니까?

-네, 솔직히 저번 경기 때 네덜란드전에서 뼈아픈 패배를 당했었죠. 지금도 마찬가지입니다. 메이저리그 선수들이 대거 참가했기 때문에 쉽지 않을 것입니다. 하지만 구현진 선수가 나온 만큼 대한민국의 승리가 조심스럽게 점쳐지고 있습니다.

-하지만 1라운드예요. 투구수 제한 때문에 65구 이상은 던

질 수가 없어요.

-네, 아마도 4회나 5회가 한계일 것입니다. 하지만 투구수만 잘 관리하면 그 이상도 불가능한 일은 아니죠. 그만큼 구현진 선수가 노련하게 잘할 것으로 생각합니다.

-네, 그렇습니다. 어쨌든 대한민국인 이번 첫판의 승패에 따라 도쿄행 여부가 좌우될 것 같습니다. 절대 방심할 수 없는 경기가 될 거예요. 말을 나누는 사이 구현진 선수가 마운드에 올랐습니다. 이제 곧 경기가 시작될 것 같습니다.

구현진은 마운드에 올라 가볍게 몸을 풀었다. 구속은 150㎞/h 초반을 기록하고 있었다. 아직 몸이 정상 컨디션으로 회복되지 않았기 때문이었다.

그럼에도 불구하고 150㎞/h 초반을 기록하는 것마저도 대단한 것이었다. 연습을 마친 구현진이 공을 건네받고 마운드를 내려갔다.

로진백을 툭툭 건드리는 사이 네덜란드 1번 타자가 올라왔다. 구현진이 마운드에 선 채 초구를 던질 준비를 하였다.

장만호로부터 초구 사인을 받은 구현진이 천천히 가슴에 글러브를 모았다. 그리고 오른 다리를 올리자마자 힘차게 앞으로 나아가며 팔을 휘둘렀다.

후읏!

퍼엉!

"스트라이크!"

구현진의 초구가 한가운데로 꽂혔다. 그것도 포심 패스트볼이었다. 구속은 152㎞/h였다. 네덜란드의 1번 타자는 꿈쩍도 하지 못했다. 단지 눈을 크게 뜨며 한가운데로 들어온 공을 바라보았다.

'뭐지? 초구부터 실투? 아니면…….'

네덜란드 1번 타자가 구현진을 매섭게 바라보았다. 혹여 실투라면 매우 안타까운 일이었다. 하지만 실투가 아니라면 자신을 놀리는 것이나 다름이 없었다.

'일단 2구도 기다려 볼까?'

-구현진 선수 초구 한가운데 패스트볼을 던졌어요. 구속도 152㎞/h가 나왔고요. 이 정도면 잘 나온 거 맞죠?

-네, 맞습니다. 원래 구현진 선수가 최고구속이 160㎞/h을 넘는 것으로 알고 있습니다. 평균구속이 157㎞/h 정도 되니까. 152㎞/h는 엄청 잘 나오는 거죠. 비시즌이지만 몸을 상당히 잘 만든 모양입니다.

-자, 2구째 공을 던질 준비를 합니다.

구현진이 2구째 공을 힘껏 던졌다.

퍼엉!

"스트라이크!"

이번에도 구현진의 공은 스트라이크가 되었다. 그런데 초구보다는 살짝 바깥으로 공 한 개 정도 이동해 들어왔다.

'어라? 또 한가운데? 이건 실투가 아니야!'

1번 타자가 실투가 아닌 것을 알고 긴장했다. 왜냐하면 공 2개로 카운터가 몰렸기 때문이었다. 이제 스트라이크로 들어오는 공은 무조건 쳐야 했다.

방망이를 쥔 손에 잔뜩 힘이 들어갔다. 그사이 사인을 마친 구현진이 공을 던질 준비를 했다. 그리고 3구째 공이 날아왔다. 2구째와 같은 코스의 공이었다.

'어딜!'

1번 타자의 방망이가 빠르게 돌아갔다. 그런데 홈 플레이트 앞에서 공이 미묘하게 움직였다.

딱!

포심 패스트볼이라고 하기에는 무브먼트의 변화가 너무도 심했다. 타자는 공을 중심에 맞히지 못했고 타구는 파울이 되어버렸다. 1번 타자의 얼굴이 와락 일그러졌다.

"제길!"

1번 타자가 타석을 벗어났다. 방망이로 자신의 헬멧을 툭툭 치며 화를 냈다. 그 모습을 본 구현진이 피식 웃었다.

'저 녀석은 하나도 변하지 않았네. 조금만 건드려 주면 곧바로 반응이 오니 말이야.'

1번 타자가 다시 타석에 들어섰다. 그런데 이번에는 타석을 고르는데 스파이크로 강하게 땅을 내리찍었다. 마치 땅에 화풀이라도 하는 듯했다. 그 모습을 지켜보는 장만호 역시 피식 웃었다.

'현진이가 말한 대로 이 녀석 엄청 다혈질이구만. 고작 이 정도로 저렇게 화를 내니 말이야.'

장만호의 말대로 1번 타자는 잔뜩 일그러진 얼굴로 자세를 잡았다. 그러자 장만호가 곧바로 손가락 세 개를 펼치며 바깥쪽으로 사인을 보냈다.

구현진이 가볍게 고개를 끄덕인 후 자세를 잡았다. 그리고 포수 미트를 향해 힘껏 공을 던졌다. 공은 정확하게 날아갔다. 1번 타자의 방망이 역시 힘껏 돌아갔다. 그런데 홈 플레이트 앞에서 갑자기 공이 쭉 가라앉았다.

'체, 체인지업!'

구현진이 체인지업으로 1번 타자의 방망이를 이끌어 냈다. 결국 헛스윙을 하며 삼진으로 물러났다.

"나이스!"

장만호가 소리치며 공을 3루수에게 던졌다.

구현진은 마운드를 내려와 로진백을 툭툭 건드렸다. 그러면서 1번 타자가 몸을 홱 돌려 더그아웃으로 향했다.

"에이, 씨!"

1번 타자가 씩씩거리며 걸어갈 때 대기타석에 있던 2번 타자가 물었다.

"뭐야? 어떻게 된 거야?"

"아, 몰라! 네가 알아서 해. 짜증 나!"

1번 타자가 신경질적인 반응을 보였다. 그러자 2번 타자의 얼굴이 금세 굳어졌다.

2번 타자가 타석에 섰다. 1번 타자를 상대할 때 본 투구를 기억했다.

'이번에도 빠른 공으로 승부하겠지? 그럼 빠른 공을 초구부터 노려야겠군.'

2번 타자가 마음을 먹고 타석에서 자세를 잡았다. 그사이 장만호의 사인은 이미 마친 상태였다. 구현진은 2번 타자 몸쪽을 향해 힘껏 던졌다. 공은 구현진이 원하는 코스로 날아갔다.

2번 타자는 빠른 공이라 예상하고 타이밍에 맞춰서 힘껏 돌렸다. 하지만 공은 홈 플레이트 앞에서 갑자기 몸쪽으로 휘어져 들어왔다.

'앗?'

딱!

공이 방망이 안쪽에 맞고 유격수 앞으로 힘없이 굴러가는 땅볼이 되었다. 유격수 김하수가 잡아 1루에 던져 아웃이 되었다.

네덜란드 2번 타자는 공 1개로 깔끔하게 잡아냈다. 이로써 투구수는 5개가 되었다. 그리고 3번 타자를 삼구 삼진으로 잡고 1회 초를 공 8개로 막아냈다.

구현진이 피식 웃으며 마운드를 내려갔다. 장만호가 곧바로 구현진에게 달려갔다.

"좋았어. 우리 계획대로 일단 가고 있어."

"그래!"

"다음 이닝도 계획대로 가는 거지?"

"당연하지."

3.

구현진과 장만호는 먼저 투구수 제한을 생각했다. 1라운드 65개의 투구수 제한. 이 정도면 길면 5회, 짧으면 4회까지라고 봐야 했다.

하지만 구현진은 어떻게든 6회까지 끌고 가고 싶었다. 6회까지 점수를 내주지 않는다면 충분히 대한민국이 이길 수 있을 것 같았다. 그 정도는 해줘야 대한민국 에이스로서 스스로에게 체면이 서는 것도 같았다.

그래서 장만호가 어젯밤 생각한 것이 바로 투구수 조절에 관한 것이었다. 상위 1, 2번 타자는 최대한 맞혀 잡는 공으로 가고, 클린업 타선인 3, 4, 5번은 삼진을 노린 뒤, 하위는 다시 맞혀 잡는 투구로 가자는 의도였다.

그래서 1, 2번 타자에게는 최대한 눈에 보이는 공을 던졌다. 대신 홈 플레이트 앞에서 미묘하게 공이 움직이게 무브먼트에 신경을 썼다.

무엇보다 클린업 타석인 3, 4, 5번에게는 빠른 공과 체인지업으로 타이밍을 뺏어 삼진을 잡는 작전으로 가는 것이었다. 절대로 클린어 타선에게 안타를 맞지 않겠다는 각오를 다졌다.

구현진의 투구에 네덜란드 타선이 완전히 기가 눌려 버렸다. 그 결과 구현진은 6회까지 마치고 내려올 수 있었다. 이때까지 던진 구현진의 투구수는 64개였다. 65개까지 딱 1개 모자라는 투구였다.

네덜란드 타자들은 철저하게 농락당했단 사실에 이를 갈았다. 그런 만큼 뒤에 나온 대한민국 투수에게 더욱 공격적으로 타격에 임했다.

하지만 계투로 나온 박진영은 구현진보다 구속이 느렸지만 변화구 위주로 스트라이크존 구석구석을 노리며 땅볼을 유도했다.

결국 화를 주체하지 못한 네덜란드 타자들이 스스로 자멸했고, 결국 9회까지 점수를 하나도 뽑지 못하는 수모를 당했다.

대한민국은 4회 김하수의 솔로 홈런, 8회 나고인의 빠른 발로 만든 득점으로 네덜란드를 2 대 0으로 제압하고 1승을 챙겼다.

이날 네덜란드 대표 팀 감독은 인터뷰를 통해 말했다.

-우리는 구현진에게 완전히 당했다. 구가 원래 대단한 선수라는 것은 안다. 하지만 저 정도로 압도적일 줄은 몰랐다. 우리의 패배를 인정한다.

대한민국 대표 팀인 선동인 감독 역시 인터뷰를 했다.

-투구수 제한이 있었지만, 구현진의 노련함으로 6회까지 던질 수 있었다. 그 뒤에 나온 투수들 역시 깔끔하게 막아줬다. 타자에서는 김하수가 솔로 홈런으로 투수들의 어깨를 가볍게 해줬다. 우리나라 야구가 현재 많이 약하다는 얘기가 나온다. 하지만 그렇지 않다는 것을 오늘 경기를 통해 보여준 것 같다.

선동인 감독의 인터뷰를 통해 네티즌 역시 반겼다. 이길 수 없을 것 같았던 네덜란드를 2 대 0으로 제압한 것이 컸다. 물론 반 이상은 구현진이 6회까지 막아줬기에 가능한 일이었다.

그다음 날 대한민국은 이스라엘을 상대했다. 이날 선발은 박세웅이었다. 박세웅은 초반 타자들을 상대로 포심과 포크볼로 타자들을 요리하다가 3회부터 이스라엘 타자들에게 포크볼이 맞기 시작했다.

하지만 위기관리 능력을 통해 수비들과 삼진으로 위기를 벗어났다. 결국 박세웅은 4이닝 동안 이스라엘 타선을 0점으로 막아냈다.

뒤이어 올라온 불펜진이 1점을 헌납했지만, 그다음 이닝에 곧바로 1점을 만회했고, 9회 초에 곧바로 이정훈의 3루타와 김하수의 희생플라이로 1점을 보태 역전할 수 있었다.

9회 말, 마무리 김세은이 나와 이스라엘 5, 6, 7번 타자를 삼진과 땅볼, 2루수 팝플라이 아웃으로 잡아내며 대한민국은 2연승을 달렸다.

하루 휴식 후 9일 날, 1라운드 마지막 3번째 경기가 펼쳐졌다. 대한민국 대 대만의 경기에 선발로 나선 것은 임기운이었다.

임기운은 언더핸드 투수로 대만 타자들에게 유독 강한 면모를 보여주었다. 그래서 대만에서도 임기운을 잡기 위해 대부분 좌타자를 배치했다.

하지만 임기운의 체인지업과 불쑥 솟아오르는 라이징 패스트볼에 막혀 5이닝 동안 득점이 없었다. 그 뒤에 나온 불펜진 역시 깔끔하게 막아냈다.

무엇보다 그동안 터지지 않았던 타선이 활발해졌다. 1회부터 점수를 뽑기 시작하더니, 결국 1회 1점, 2회 4점, 4회 2점, 9회 3점을 뽑아, 10 대 0으로 승리했다.

이로써 대한민국은 3연승으로 A조 1위에 올라서며 2위인 네덜란드와 함께 본선 2라운드에 진출하게 되었다.

본선 2라운드 진출국은 일본, 도미니카 공화국, 네덜란드, 푸에르토리코, 쿠바, 미국, 대한민국, 베네수엘라 등 8개 국가였다. 1라운드 4개 조 상위 1, 2위 팀이 본선 2라운드에 올랐다.

A조: 1위 대한민국, 2위 네덜란드.

B조: 1위 일본, 2위 쿠바.

C조: 1위 도미니카 공화국, 2위 미국.

D조: 1위 푸에르토리코, 2위 베네수엘라.

여기서 본선 2라운드 2조 편성에 들어갔다.

E조: 대한민국, 일본, 네덜란드, 쿠바.

F조: 도미니카 공화국, 푸에르토리코, 미국, 베네수엘라.

E조는 일본 도쿄돔에서 열리고, F조는 미국 샌디에이고 펜코 파크에서 열렸다. 대한민국 역시 일본으로 건너가 3월 12일부터 첫 경기를 시작으로 15일까지 경기를 치르게 된다.

일본으로 향한 대한미국 야구 대표 팀은 곧바로 도쿄돔 근처 호텔에 묵었다. 선수들은 저마다 자신들의 방에서 휴식을 취했다.

하지만 선동인 감독과 코칭스태프들은 회의를 위해 방에 모였다. 이번에도 이들의 안건은 선발 라인업이었다. 선동인 감독이 처음부터 입을 열었다.

"이제부터 본선 2라운드다. 첫 단추는 잘 꼈는데 쿠바도 그렇고, 일본도 그렇고, 네덜란드까지 만만한 상대가 없다. 그나마 네덜란드를 이긴 것도 구현진이 잘해서 이기지 않았나. 나머지는 장담하지 못한다. 만약 구현진이 아니라면 네덜란드전에 누가 던지면 좋을까. 박세웅?"

"아, 박세웅은 좀 불안한데요."

"그럼 임기운을 출전시켜? 네덜란드 타자들이 사이드암에 약할 수도 있어. 그러나 임기운의 유인구에 네덜란드 타자들이 속지 않는다면 장타가 나올 확률이 높아진다. 경기가 많이 기울지도 모른다."

선동인 감독의 말에 모두 고개를 끄덕였다.

"그렇다고 임기운을 일본전에 내보낼 수는 없지 않겠습니까."

"일본전에는 구현진을 내보내야죠. 확실한 승리를 위해서는 말입니다."

이렇듯 대표 팀 코칭스태프들은 설왕설래하며 선발진을 짜는 것에 머리를 쓰고 있었다. 어떻게 하면 결선 라운드에 진출할지 말이다.

한편, 이 시각 일본 코칭스태프들 역시 회의를 하고 있었다. 일본 감독이 넌지시 말을 꺼냈다.

"구현진이 언제 나올까?"

"당연히 우리를 상대하러 나오지 않을까요?"

"선동인 감독은 속이 뻔히 보이는 행동은 하지 않을 거야. 내 생각에는 말이지."

일본 감독의 생각은 대한민국이 자신들과 같이 확실히 잡을 수 있을지 모르는 상태에서 구현진을 내세우지는 않을 거라고 생각했다.

"아무래도 우리 일본전에 약한 투수를 내고, 쿠바와 네덜란드전에 확실한 카드를 쓸 거야."

일본 감독의 말에 코칭스태프 역시 고개를 끄덕였다. 그러자 투수코치가 나섰다.

"그럼 오타니 쇼이를 어디에 투입할 생각이십니까?"

"쿠바에 투입하지."

"쿠바 말입니까? 알겠습니다."

"그럼 이마나가 쇼이치는 어디에 투입할까요?"

이마나가 쇼이치는 일본의 신성이었다. 오타니 쇼이를 뒤를 있는 젊은 투수였다.

"대한민국전에 던지는 것으로 하지."

"네, 알겠습니다."

일본 역시 선발진을 구축했다.

다시 대한민국 대표 팀 회의실.

"그럼 구현진은 어떻게 하실 겁니까?"

"아마 일본 감독은 분명, 내 생각을 읽으려 할 것이다. 서로 너무도 잘 알고 있거든. 아마 구현진을 내 일본을 상대하는 것보단 안전하게 네덜란드와 쿠바를 상대로 전력을 내 결선에 진출할 거라고 생각하겠지."

선동인 감독은 일본 감독과 친했다. 그래서 그의 성향을 어느 정도 파악하고 있었다.

"그걸 역으로 이용해야겠어. 일단은 구현진을 내일 쿠바전에 등판시키는 것으로 해."

"예? 일본전이 아니라요?"

"발표는 그렇게 하라고."

"네, 알겠습니다."

선동인 감독의 눈이 반짝였다. 그리고 그다음 날 발표가 나왔다. 1차전 네덜란드 선발은 박세웅, 2차전 쿠바 구현진, 3차전인 일본전은 임기운으로 발표했다.

12일 1경기 네덜란드 대 대한민국.

2경기 쿠바 대 일본.

13일 3경기 쿠바 대 대한민국.

4경기 네덜란드 대 일본.

15일 5경기 네덜란드 대 쿠바.

6경기 대한민국 대 일본.

12일 1경기 네덜란드 대 대한민국의 경기가 시작되었다. 네덜란드전 선발은 박세웅이었다. 그런데 박세웅이 각성을 했는지 6회까지 단 3안타만 기록하며 무실점 호투를 펼쳤다.

타자들 역시 마이너리그 투수 자이어 젠을 상대로 김하수가 4회 3점 홈런을 날리는 등 15안타를 몰아쳐 10 대 2 대승을 거두었다. 6회까지 잘 막아낸 박세웅이 경기 MVP를 차지했다.

다음 날 13일 3경기 쿠바 대 대한민국의 경기가 펼쳐졌다. 당초 선발로 내정된 구현진이 배탈이 나면서 어쩔 수 없이 임기운으로 변경되었다.

그 순간 일본은 뒤통수를 맞아 멍했다. 일본전에 구현진이 나온다는 것이었다. 이 모든 것이 일본의 뒤통수를 치기 위한 선동인 감독의 작전이었다.

일본 감독은 이를 갈았다.

"젠장! 당했군."

오타니 쇼이를 쿠바전에 내면서 이미 소모했다. 그래서 어쩔 수 없이 대한민국전 선발은 이마나가 쇼이치였다.

대한민국의 쿠바전 선발은 임기운이었다. 임기운은 초반에 실점하며 흔들렸다. 5회까지 3실점을 하며 쿠바 타선의 맹공을 간신히 막아냈다. 그동안 대한민국 역시 착실히 점수를 뽑아내며 쫓아갔다.

결국 7회와 8회에 대거 점수를 뽑아내며 5 대 3으로 승리를 거두었다. 2승으로 결선 라운드 진출을 확정 짓는 순간이었다.

일본 역시 쿠바와 네덜란드를 차례대로 잡아내며 2승을 올려 결선 라운드 진출권을 따냈다. 문제는 조 1위가 걸린 대한민국과의 싸움이었다.

15일 19:00, 도쿄 돔에서 대한민국 대 일본의 경기가 펼쳐졌다. 대한민국의 선발 투수는 구현진, 일본의 선발은 떠오르는 신성, 이마나가 쇼이치였다.

1회 초 대한민국의 공격으로 경기가 시작되었다. 대한민국은 1번 타자 박만수가 나왔다.

이마나가 쇼이치가 마운드 위에서 흙을 골랐다. 이마나가 쇼이치는 초구를 몸쪽으로 깊게 던진 후 그다음부터 바깥쪽으로 공을 던졌다.

펑!

"스트라이크!"

퍼엉!

"스트라이크!"

일본의 신성은 초구 볼 이후 곧바로 2개의 공을 스트라이크로 꽂았다. 박만수는 가볍게 고개를 끄덕이며 더그아웃에 괜찮다는 사인을 보냈다.

하지만 4구째 떨어지는 포크 볼에 헛스윙, 삼진을 당했다. 박만수는 더그아웃으로 돌아가다가 대기타석에 있는 정훈에게 말했다.

"역시 결정구는 포크야. 떨어지는 각이 예리해. 하지만 나머지는 충분히 공략할 수 있어."

"알았어."

정훈이 고개를 끄덕이며 타석에 들어섰다. 초구 몸쪽 포심을 파울로 날렸다. 그 뒤에 바깥쪽 슬라이더에 방망이가 따라나가 볼 카운트는 2스트라이크. 3구는 역시 포크였다. 정훈은 알고 있으면서도 어쩔 수 없이 방망이를 휘둘렀다.

"크윽, 젠장!"

정훈이 인상을 썼다. 알고 있었다곤 하지만 오타니 쇼이의 뒤를 잇는다던 이마나가 쇼이치의 포크는 매우 날카로웠다.

그다음 타자인 구자옥이 나섰지만, 그 역시 4구 만에 삼진 아웃으로 물러났다.

일본의 떠오르는 신성, 이마나가 쇼이치는 대한민국의 세 타자를 연속해 삼진으로 잡고는 의기양양하게 마운드에서 내려왔다.

일본 관중들은 난리가 났다. 이마나가 쇼이치의 이름을 연호하며 아낌없는 박수를 보내주었다.

이마나가 쇼이치 역시 세 타자 연속 삼진 때문인지 매우 건방지게 입꼬리를 올리며 웃었다. 그리고 고개를 홱 돌려 대한민국 더그아웃으로 시선을 두었다. 구현진을 향한 도발적인 행동이었다. 마치 덤벼볼 테면 덤벼 보라는 식으로 말이다.

42장 WBC(2)

1.

구현진은 1회 초가 끝나자 글러브와 모자를 챙겨서 일어났다. 모자를 머리에 쓰고 더그아웃을 천천히 나섰다. 그런데 장만호가 구현진 옆으로 다가와 한마디 했다.

"전마, 뭐꼬!"

"왜 그래?"

"저 새끼 말이야. 널 재수 없게 꼬라보는데."

"날?"

구현진이 고개를 돌렸다. 이마나가 쇼이치와 눈이 마주쳤다. 실실 웃으며 껄렁하게 보는 것이 구현진을 비웃는 듯했다.

그러자 구현진이 피식 웃고 말았다.

"저 새끼가 뒤질라고 또 저러네."

"만호야, 됐어."

"마, 저걸 저리 둘 끼가?"

"그럼? 내가 저런 피라미의 도발에 넘어가야 해? 잘 생각해 봐, 내가 지난 올림픽 때 누굴 잡았지?"

"오타니 쇼이지."

"그래, 일본에서 제일 잘 던진다던 놈도 이겼는데, 저런 핏덩이의 도발에 넘어가서야 되겠어? 내가 쟤한테 정말 질 것 같아?"

"그건 당연히 아니지."

장만호가 멋쩍게 물었다.

"그럼 어떻게 할래? 살살 맞혀 잡을 끼가? 투구수 조절해야 하지 않겠나."

장만호의 물음에 구현진이 고민했다.

"가급적이면 이번 일본전에서 끝까지 던지고 싶은데 말이야. 2라운드에서는 제한 투구수가 90개지?"

"그렇지."

"그럼 약속대로 가자."

"오케이, 맞혀 잡는 걸로 하는 기다."

"그래. 잘 부탁한다."

"오냐, 내만 믿어라."

장만호는 자신만만한 말투로 미트를 팡팡 때렸다. 상대가 일본이라는 점도 있겠지만, 막 이름을 알리기 시작한 녀석이 구현진을 무시하는 듯했다. 장만호로서는 절대로 질 수 없는 게임이었다.

친구의 의욕적인 모습에 구현진이 피식 웃었다.

"그보다 니 남자네."

"그럼 남자지, 여자야?"

"그게 아이고. 상대 팀의 도발에도 여유롭게 대처하는 거 보믄 마이 달라졌다고."

"그럼! 인마. 그동안 먹은 짬이 어디 가겠냐. 메이저에 저런 애들 널렸어."

한마디로 구현진은 자신의 뚝심대로 던지겠다는 것이다. 아무리 상대 팀이 도발해도 말이다.

메이저리그에서 가장 평정심을 잘 유지하는 투수가 바로 괴물 투수 커쇼다. 그는 상대 팀이 어떤 도발을 해도, 안타를 맞고, 홈런을 맞아도, 자기 페이스대로 던졌다. 그것이 바로 커쇼의 최대 장점이었다. 전혀 흔들림이 없었다. 그렇다 보니 타자들 모두 커쇼의 흐름에 말려들어 갔다.

구현진 역시 상대 팀 타자들을 자신의 페이스에 끌어들이려고 하고 있었다. 그것이 오늘 구현진이 할 투구 내용이었다. 장만호가 포수 자리로 가서 소리쳤다.

"자! 어디 한번 던져봐라!"

장만호가 미트를 들었다. 그 미트 속으로 구현진의 공이 팍 팍 들어갔다. 구현진의 공이 미트 속으로 파고드는 소리가 일본 더그아웃에까지 들렸다.

퍼엉! 펑! 펑! 퍼엉!

"소리 한번 우렁차네!"

"얘들아, 기죽지 마라! 충분히 공략할 수 있다."

"넵, 감독님!"

일본 감독은 타자들에게 힘을 실어줬지만 정작 본인은 반신반의했다.

'정말 공략할 수 있을까?'

일본 감독은 솔직히 걱정되었다. 그러나 막상 뚜껑을 열어 보니 기우였다. 구현진의 구위는 온데간데없고, 타자들에게 공을 계속 맞고 있었다. 구현진 스스로 맞아주는 줄도 모르고 말이다.

"좋아, 좋아! 공략할 수 있어. 조금만 힘내라!"

"네, 감독님!"

일본 감독은 선수들에게 쓸데없는 기운을 북돋아주고 있었다. 하지만 6회가 지나고서야 일본 감독은 구현진의 무서움을 몸소 느끼기 시작했다.

1회 말 구현진은 첫 타자를 상대하면서부터 힘을 비축했다. 포심과 체인지업을 적당히 섞어가며 맞혀 잡았다. 한마디로 일본 타자의 방망이 중심에서 조금씩 어긋나게 던진 것이었다.

그런 줄도 모르고 일본 타자들은 공이 눈에 들어오자 여지없이 방망이를 휘둘렀다. 하지만 공은 방망이 중심에서 멀어질 뿐이었다.

정작 문제는 일본 타자들이 그 사실을 인지하지 못하고 있다는 것이었다. 그저 안타가 되지 않은 것에 안타까워하고 있었다.

어쨌든 구현진은 1회 말 공 6개로 세 타자를 깔끔하게 처리했다. 비록 삼진은 잡지 못했지만 긴 이닝을 소화하기 위한 적절한 투구수였다.

그 결과, 구현진은 3이닝 동안 삼진이 하나도 없었다. 모두 땅볼 아니면 뜬 공 처리였다.

반면, 일본의 이마나가 쇼이치는 삼진이 6개나 되었다. 일이 이렇게 되자 일본 중계진들은 난리가 났다.

-우리 일본의 떠오르는 신성 이마나가 쇼이치! 3이닝 동안 삼진 6개를 잡아내며 대한민국의 공격을 무실점으로 막고 있습니다.

-반면 대한민국의 에이스인 구현진 선수는 현재까지 삼진이 하나도 없어요. 한마디로 이마나가 쇼이치가 구현진을 압도하고 있다는 것입니다.

-그렇습니다. 우리 이마나가 쇼이치는 삼진을 잘 잡고 있는데, 구현진 선수는 삼진을 못 잡고 있어요. 구속 역시 현저히 떨어져 있죠. 아무래도 컨디션이 좋지 않은 모양입니다. 어제 배탈이 났다고 하더니, 오늘까지 영향이 미친 듯합니다.

-음, 제가 보기에는 그건 아닌 듯합니다.

-네? 그게 무슨 말씀이시죠?

-우리 일본 타자들이 너무 대단하기 때문에 삼진을 잡을 수 없는 것입니다.

-하하하, 그렇군요. 천하의 구현진도 우리 이마나가 쇼이치와 일본 대표 팀의 상대는 되지 않는 듯 보입니다. 떠오르는 신성, 일본의 차세대 에이스! 이마나가 쇼이치, 그의 위력투를 계속해서 감상하시겠습니다.

TV를 시청하는 일본 국민들 역시 이마나가 쇼이치의 투구에 박수를 보내고 있었다.

직접 현장에서 관람하는 관중들이 더 난리였다. 이마나가 쇼이치가 삼진을 잡을 때마다 나팔을 불어대며 함성을 쏟아냈다.

그럴수록 일본 타자들은 힘을 내며 구현진을 공략하기 위해 방망이를 휘둘렀다.

이것이 바로 홈의 이점이라는 것을 대한민국 국가대표들은 새삼 깨닫고 있었다. 하지만 구현진만은 주위의 어떤 소음도 신경 쓰지 않았다. 오로지 자신의 페이스대로 공을 던졌다.

3회를 마치고 내려온 구현진이 흐르는 땀을 닦았다. 지켜보던 정만철 투수코치가 걱정되는지 구현진에게 다가갔다.

"현진아."

"네, 코치님."

"컨디션이 안 좋아?"

"아뇨."

"그래? 안 좋으면 말해. 교체해 줄 테니까."

"전혀요. 오히려 너무 좋아서 탈인 걸요."

"그러니?"

정만철 투수코치가 고개를 갸웃하며 몸을 돌려 자신의 자리로 갔다. 그 모습을 보던 장만호가 피식 웃으며 구현진을 툭툭 건드렸다.

"야, 아무래도 코치님이 불안하신 것 같다."

"뭐가 불안해."

"니가 삼진을 못 잡으니 글치. 이제부터 슬슬 삼진 잡아볼까?"

"하긴. 이번 타석부터 재네도 눈치챌 거야. 유인구 말고 조금 공격적으로 가자."

"오케이!"

4회 초 대한민국 공격이 끝이 나고, 구현진이 마운드에 올랐다. 4회 말 일본의 공격은 1번 타자부터 시작되었다.

1번 타자 교다 요이는 첫 상대에서 체인지업에 당한 것을 기억했다.

'이번에는 쉽게 물러나지 않겠어. 일단은 지켜보자!'

교다 요이는 초구를 기다렸다. 구현진이 바깥쪽으로 떨어지는 체인지업을 던졌으나. 교다 요이는 그것을 잘 참아냈다.

'훗, 역시 체인지업! 예상대로야.'

교다 요이는 자신의 생각대로 공이 들어오자 고개를 끄덕였다. 그런데 2구째부터 달랐다. 몸쪽으로 꽉 차게 들어오는 포심 패스트볼이었다.

퍼엉!

교다 요이가 화들짝 놀라며 엉덩이를 뒤로 쭉 뺐다. 하지만 주심의 손이 올라갔다.

"스트라이크!"

그리고 3구째 몸쪽으로 휘어져 들어오는 슬라이더에 교다 요이가 움찔했다.

펑!

그런데 슬라이더가 살짝 스트라이크존을 걸치며 들어온 것이다.

"스트라이크!"

볼 카운트가 순식간에 2스트라이크 1볼이 되었다. 교다 요이는 고개를 끄덕이며 스스로에게 주문을 외웠다.

"괜찮아, 칠 수 있어. 괜찮아."

하지만 심리적인 우위는 구현진에게 있었다. 교다 요이는 첫 번째 상대에서 유인구에 속아서 방망이가 나갔다. 때문에 이번에도 구현진이 유인구를 노리고 있으리라 생각했다. 투구수 제한이라는 룰 때문에, 마땅치 않은 대한민국의 불펜진을 염두에 둔, 전략이라 생각했다.

'결정구는 체인지업이야. 스트라이크로 들어오는 공은 무조건 칠 수 있어. 날 속이려면 더 낮게 떨어지는 공이 들어와야 할 거야. 그것만 피하면 돼.'

그런데 구현진과 장만호 배터리는 그것을 역이용하고 있던 것이다.

'자, 이거야. 가자!'

장만호의 손가락 하나가 펼쳐졌다. 구현진이 피식 웃으며 고개를 끄덕였다. 그리고 공을 힘차게 던졌다.

퍼엉!

구현진의 포심 패스트볼이 바깥쪽 꽉 차게 들어가며 스탠딩 삼진, 아웃을 잡아낸 것이다. 정확하게 타자의 무릎 위를 스치며 지나가는 공이었다. 전광판에 160㎞/h가 찍혔다. 그 순간 심판의 손이 올라갔다.

"스트라이크! 타자, 아웃!"

"우오오오오!"

일본 관중들 역시 놀라고 있었다. 설마하니 컨디션이 좋지 않은 것 같다던 구현진이 4회 말에 들어서 160㎞/h나 되는 강속구를 뿌릴 줄은 생각지도 못했기 때문이었다.

타석에 있는 요다 교이도 화들짝 놀랐다. 분명 낮은 체인지업이라 생각했는데 떨어지지 않고 순식간에 통과해 버렸다. 방망이 한 번 휘두르지 못하고 삼진 아웃을 당한 것이다.

'이, 이게 뭐야?'

교다 요이는 한 방 먹었다는 표정으로 몸을 돌렸다. 일본 대표 팀의 2번 타자 마쓰모토 춘이 나왔다. 마쓰모토 춘 역시 대기타석에서 구현진의 피칭을 지켜보았다.

'투구에 변화를 주었나? 포심 패스트볼로 삼진을 잡았지. 그럼 나에게도 똑같이 들어오는 거 아냐?'

그 생각을 하고 있을 때 구현진의 초구가 들어왔다. 바깥쪽에 꽉 찬 포심 패스트볼이었다.

"스트라이크!"

'역시 스타일을 바꿨구나. 그럼 내가 노리는 것은 포심이다.'

2구째, 공이 같은 코스로 날아왔다. 마쓰모토 춘은 포심 패스트볼로만 알고 방망이를 힘껏 돌렸다. 그러나 그것을 비웃기라도 하듯, 구현진이 던진 공은 홈 플레이트 앞에서 뚝 떨어졌다.

딱!

방망이 밑동에 맞은 공이 2루수 땅볼이 되었다. 결국, 마쓰모토 춘 역시 타이밍에 속아 2루수 땅볼 아웃으로 물러났다.

그 뒤로 구현진은 6회까지 투구수 60개를 기록하며 무실점 투구를 펼쳤다. 나이에 걸맞지 않은 아주 노련한 투구 내용이었다.

"하아……."

6회 말을 막은 뒤 더그아웃으로 돌아온 구현진은 흐르는 땀을 닦았다. 그때 정만철 투수코치가 다가왔다.

"현진아, 됐다. 여기까지 하…… 응?"

정만철 코치가 자신의 귀를 의심했다. 구현진이 눈을 반짝이며 중얼거리고 있었기 때문이었다.

"자, 이제부터 삼구삼진을 잡으면 9회까지 27개면 충분하지? 맞나? 3 곱하기 9가 27이니까?"

구현진은 계산한 뒤 장만호를 보았다.

"만호야, 제한 투구까지 30개 정도 남았는데 다 삼진으로 잡을 수 있겠지?"

"7, 8, 9회 전부? 니 제정신이가?"

"그래."

"얀마, 그게 되겠나! 니가 암만 잘해도 그렇지 쟤들 너무 쉽게 보지 마라. 한두 명도 아니고 아홉 타자를 전부 삼구삼진 하려다가 실수 나온다. 무리다. 무리!"

장만호가 부정적으로 말했다. 하지만 구현진은 왠지 가능할 것 같았다.

"아니야, 해보자!"

"아이고, 그래, 네 맘대로 하세요. 큰 거 맞아도 난 모른다."

그렇게 7회 말에 올라간 구현진은 예견했던 대로 세 타자 연속 삼구삼진으로 잡아버렸다. 장만호는 그저 허탈한 웃음을 지을 뿐이었다.

그리고 8회를 지나 대망의 9회 말, 구현진은 일본의 마지막 타자 역시 2스트라이크로 몰아넣고 있었다.

구현진은 호흡을 골랐다. 장만호는 사인도 보내지 않고 미트를 들었다. 구현진이 미트를 보며 마지막 공을 힘껏 던졌다.

퍼엉!

구현진의 공이 미트에 박히며 요란한 굉음을 냈다. 일본의 마지막 타자 역시 공을 건드리기라도 해볼 요량으로 방망이를 돌렸지만 헛수고였다. 그 순간 심판의 우렁찬 소리가 들려왔다.

"스트라이크! 타자 아웃! 게임 셋!"

구현진이 두 팔을 벌리며 포효했다. 장만호가 마스크를 벗어 옆구리에 낀 채로 구현진에게 뛰어갔다.

"현진아!"

구현진과 장만호는 포옹하며 승리를 축복했다. 뒤이어 대한민국 내야수들이 마운드에 모여 구현진과 장만호와 포옹을 나누었다.

2.

구현진은 오늘 WBC 역사상 길이 남을 업적을 남겼다. 바로 7회, 8회, 9회에 이르기까지 아홉 타자를 연속 삼구삼진으로 잡아냈다는 대기록과 함께 퍼펙트 경기를 펼친 것이었다.

이 기록은 WBC가 생긴 이래 처음 생긴 기록이었다. 투구수 역시 87개로 9회까지 최저 투구수를 기록했다.

오늘 구현진은 한마디로 일본 타자들이 구현진보다 몇 수 아래라는 것을 여실히 보여주었다. 메이저리그 팀의 에이스가 얼마나 대단한지 절실히 보여준 경기였다. 정말 급이 다른 투구였다.

그다음 날 스포츠 신문에 대문짝만하게 구현진이 실렸다.

[구현진! 일본을 침몰시키다!]

[일본, 구현진에게 아홉 타자 연속 삼구삼진이라는 치욕스러운 기록을 당하다.]

[구현진의 도쿄대첩! 퍼펙트 피칭으로 일본, 완전히 무너지다.]

이로써 대한민국은 본선 2라운드에서 3승으로 1위를 차지하며 준결승전에 올랐다. 일본은 2위로 준결승전에 올랐다. 이제 대한민국은 F조의 2위와 준결승전을 치르게 되었다.

현재 F조 1위는 2승을 한 미국과 푸에르토리코였다. 두 팀의 경기는 대한민국과 일본의 경기가 시작되고 1시간 후에 열렸다. 여기서 승자가 1위가 되고, 지면 2위가 되어 대한민국과 만나게 되는 것이었다.

대한민국과 일본의 경기가 끝난 시점에 미국과 푸에르토리코는 7회가 끝나가고 있었다. 미국이 푸에르토리코에게 3 대 1로 지고 있는 상황이었다.

그때 미국 더그아웃으로 누군가가 들어왔다. 그는 곧바로 미국 대표 팀 감독에게 향했다.

"그래 어떻게 됐어? 누가 이겼지?"

"대한민국이 이겼습니다. 조 1위로 결선 라운드에 올라갔어요."

"그래? 알았어."

미국 대표 팀 감독은 갑자기 머리가 아파졌다. 이대로 이긴다면 준결승전에서 일본을 만나게 되고, 지면 대한민국을 만나게 되었다.

"이대로 간다면 대한민국을 만난다는 건데……."

미국 대표 팀 감독은 슬쩍 전광판을 보았다. 7회가 아직 끝나지 않은 시점에서 2점은 충분히 따라갈 수 있을 것 같았다.

하지만 이대로 지면 무조건 구현진이 있는 대한민국을 만나게 될 것 같았다.

"어차피 준결승전에 지면 결승에 올라가지 못하니까, 대한민국 역시 총력전을 펼치겠지?"

미국 대표 팀 감독은 이런저런 상황에 대해서 고민을 거듭했다. 그때 또 다른 정보가 그에게 전해졌다.

"구현진이 최상의 컨디션으로 일본팀을 상대로 퍼펙트 경기를 펼쳤다고 합니다."

"뭐? 퍼펙트?"

"네."

"이러면 얘기가 달라지지."

미국팀 감독은 잔뜩 이마를 찡그린 채 고민했다. 그리고 코치를 향해 말했다.

"우리 이 경기 이겨야 해. 대한민국을 피한다."

미국 감독의 결정은 일본이었다. 그 후로 미국 대표 팀의 공격이 달라졌다. 쉬고 있던 모든 투수를 투입시키며 푸에르토리코를 압박했다. 불펜에도 몸값이 어마어마한 에이스급 투수들이 나와 몸을 풀었다.

"이제부터 점수를 뽑아! 이겨야 한다고!"

미국 팀 감독이 더그아웃에서 소리치며 선수들을 독려했다. 갑작스러운 감독의 요구에 미국 국가대표들은 의아해했다.

"감독님 왜 그러세요?"

고참 선수가 미국팀 감독에게 다가갔다.

"우린 푸에르토리코를 이기고 조 1위로 올라간다. 준결승전 상대는 일본이 좋을 것 같아."

"일본요? 대한민국이 더 좋지 않아요?"

"아니. 구현진을 비롯해 사기가 한창 오른 대한민국을 상대해 줄 필요는 없지."

그 뒤로 코치가 일련의 과정을 설명해 주었다. 모든 걸 다 듣고서야 고참 선수도 이해하는 듯 고개를 끄덕였다.

"알겠습니다. 제가 선수들과 얘기해 보겠습니다."

"부탁하네."

그 뒤로 타자들 역시 달라졌다. 어떻게든 살아나가려고 애를 썼다. 몸쪽으로 날아오는 공은 피하지도 않았다. 아니, 몸에 맞으려고까지 했다.

몸값이 몇십 억 하는 선수들이다. 몸쪽으로 조금만 깊어도 피했던 선수들이었다. 그럼에도 불구하고 몸에 맞을 각오로 타석에 들어섰다. 그만큼 미국 선수들이 이번 경기를 이기기 위해 노력하고 있다는 것이었다.

이들의 노력에 9회 초, 결국 동점이 만들어졌고 11회 초 승부치기 끝에 미국이 스코어 4 대 3으로 아슬아슬하게 승리를 거두었다.

“와, 이겼다! 이겼어!”

미국 국가대표 팀 선수들은 마치 우승이라도 한 것처럼 우르르 그라운드로 뛰쳐나왔다. 서로 얼싸안으며 승리를 자축했다.

“대한민국을 피했어. 그거면 된 거야!”

미국의 감독 역시 매우 만족스러운 표정을 지었다. 이제 결승전까지 무난하게 갈 것 같았다.

오늘 경기로 F조 1위는 미국이 되었고, 일본과 준결승전을 치르게 되었다. 조 2위가 된 푸에르토리코는 대한민국과 결승전 티켓을 놓고 대결하게 되었다.

스포츠 전문 채널에서는 여자 아나운서와 야구 위원들이 나와서 이번 WBC 결선 라운드에서 대해 얘기를 나눴다.

“어제 미국이 푸에르토리코에게 역전승을 거두면서 한국이 푸에르토리코와 준결승전을 치르게 되었습니다.”

“네, 어제 후반에 미국의 기세가 대단했지요. 11회 승부치기 끝에 미국이 승리한, 아주 명경기였습니다.”

“미국의 터닝 포인트는 9회입니다. 선두타자가 볼넷으로 출루하면서 안타가 터졌죠. 그리고 동점을 만든 후 11회 승부치기에서 이겼습니다."

"무엇보다 미국은 거물급 투수들이 대거 나왔습니다. 이들이 릴레이로 던지면서 미국의 짜릿한 역전승을 안겨주었죠."

그러자 여자 아나운서가 마이크를 잡았다.

"그런데 후반전에 미국에게서 뭔가 다급함을 느꼈습니다. 저만 그런가요?"

"아닙니다. 7회 이후 갑자기 코칭스태프들의 움직임이 바빴어요. VCR을 보시죠."

화면이 바뀌며 7회 미국 대표 팀 더그아웃이 나왔다.

"여깁니다. 자, 보이시죠."

"그러네요. 뭔가 굉장히 바빠 보이네요. 이때부터였습니다. 미국의 움직임이 달라진 것이요."

"그렇군요. 어쨌든 우리 대한민국은 준결승전에서 푸에르토리코랑 맞붙게 되었어요. 여기서 이기면 미국과 일본전 승자와 결승전에서 맞붙게 됩니다."

"아, 몇 년 만에 치르는 준결승전인지 모르겠습니다. 너무 떨리는데요."

"저도 마찬가지에요."

"물론 아직 결승전에 진출한 것은 아니지만, 꼭 높은 곳에 올라 야구 팬들에게 좋은 소식을 보내주었으면 합니다."

"분명 결승전에 진출할 수 있을 것입니다. 결승전에 진출한 대한민국을 보면 정말 가슴이 뜨거워질 것만 같아요."

그러자 그 옆에 있던 한 명의 위원이 말을 했다.

"너무 성급하지 않습니까? 푸에르토리코는 절대 약팀이 아닙니다."

"물론 그렇습니다만 지금까지의 추세를 본다면 반드시 결승전에 올라갈 거라 믿을 만합니다."

"저도 그렇게 생각합니다. 결승전에서 구현진 선수가 던지는 모습을 꼭 보고 싶네요."

"그런 기대감은 저도 가지고 있습니다만, 말은 조심해야죠. 우선은 만만치 않은 상대인 푸에르토리코를 어떻게 잡을 건지에 이야기하는 것이 우선입니다."

"그 말씀에는 저도 부분적으로 동의합니다. 확실히 준결승을 잘 치러야 결승에서 구현진 선수의 멋진 피칭을 볼 수 있겠죠."

"종종 완투하는 구현진 선수지만 이번에는 일정이 타이트했는데요. 결승에서 투수 운용은 어떻게 이루어질까요?"

"좋은 지적이십니다. 모든 투수로 총력전을 펼쳐야 한다고 생각합니다."

"준결승전 역시 어렵게 흘러갈 가능성이 있습니다. 제 예상에는 준결승에서 그동안 피로가 쌓인 불펜에 과부하가 걸릴지도 모르겠습니다. 그렇게 되면 결승전에 등판할 수 있는 구현진 선수의 부담도 늘어나겠죠."

전문가들은 의견을 내면서 조금씩 바리에이션을 넓혔다. 다양한 이야기를 하면서 프로그램 시간이 끝에 이르자 아나운서가 나서 멘트를 정리했다.

"다들 좋은 말씀 감사합니다. 정리해 보면 준결승전 상대인 푸에르토리코 역시 만만치 않은 상대다. 그러니 준결승전에서도 대한민국 대표 선수들이 최선을 다해야 한다. 그렇게 되면 결승전에 등판할 수 있는 구현진 선수가 얼마나 활약해 주는지가 중요하다고 정리할 수 있겠네요.

여러 말이 오갔지만, 대부분이 아나운서의 정리 멘트에 공감하는 분위기였다.

"앞으로 대한민국이 준결승전을 넘어 결승전에서 우승하는 모습을 기원하며 여기서 끝을 내겠습니다. 그럼 저희는 준결승전에 끝난 후에 찾아뵙도록 하겠습니다."

아나운서의 클로징 멘트가 나온 뒤 프로그램이 끝났다.

준결승전을 앞두고 구현진과 장만호가 휴게실에서 깊은 얘기를 나누고 있었다.

"어디가 좋을 것 같아?"

구현진이 뜬금없이 장만호에게 질문을 던졌다. 그러자 장만호는 당연하다는 듯이 말했다.

"야, 솔직히 푸에르토리코전에 나가야 하지 않나? 어차피 준결승전에서 지면 끝이잖아."

"그래? 난 박세웅 선배도 그렇고, 임기영 선배도 충분히 잘 던지시니 두 분으로도 충분하다 보는데? 두 사람이 나가도 준결승전은 이길 수 있어. 그리고 난 솔직히 기왕이면 결승, 아마도 미국전이 되겠지. 그때 오르고 싶어."

"마! 누가 네 맘을 모르나? 근데 있제! 우리가 여기까지 어떻게 왔노. 간신히 왔잖아, 물론 현진이, 네 공이 크다는 것은 안다. 최소한 여기까지 왔으면 결승전 무대는 밟아봐야 하지 않겠나. 그람 최소한 준우승을 하잖아."

장만호가 현실적인 얘기를 꺼냈다. 그 말을 들은 구현진이 물었다.

"그럼 넌 우리가 우승 못 할 거라 생각해?"

"뭔 소리고? 야구 최강은 미국이야. 너도 메이저리그에서 뛰고 있잖아. 그런데 미국이 결승전에 올라올 것이 뻔한데 이길 수 있다고 생각하나?"

"왜 못 이겨?"

구현진은 이해가 되지 않았다.

"레벨이 다르잖아, 레벨이!"

"야, 해보지도 않고 그런 말 마라. 누가 아냐? 일단 부딪쳐 봐야지."

"그건 아는데……. 마, 됐다. 너 같은 괴물은 이해 몬 한다. 그냥 다른 얘기나 하자."

장만호가 손을 휙휙 저으며 말을 잘랐다. 구현진의 표정이 곧바로 시무룩해졌다.

"나 괴물 아닌데……."

구현진은 혼잣말을 중얼거리며 한숨을 내쉬었다.

"하아, 어쨌든 난 결승전에서 던지고 싶어. 그리고 네 말대로 여기까지 어렵게 왔으니 우승해야지. 안 그래?"

"마, 나도 똑같다. 하지만 현실이……."

장만호가 구현진을 바라보았다. 구현진은 여전히 장만호의 말을 이해하지 못했다.

"미래를 어떻게 알아."

"알았다. 그래! 결승전 가자! 결정은 감독님이 하시는 거니 기다려 보지, 뭐. 준결승 선발이 누구로 낙점될지 그때 가서 생각해도 안 늦는다."

"그래."

그 시각, 장만호가 말했던 대로 선동인 감독과 코칭스태프

들이 회의하고 있었다. 회의 주제는 '구현진을 어디에 등판을 시키냐'였다. 코칭스태프들 대부분은 일단 결승만 나가면 된다는 식으로 말했다.

"구현진을 올려야 합니다. 어쨌든 목표는 결승전에 올라가는 것 아니었습니까. 분명 팬들도 이해해 줄 것입니다."

하지만 선동인 감독은 초반에 공헌했던 대로 이번 WBC 목표는 우승이었다. 우승하려면 구현진이 결승전에 등판해야 했다. 많은 팬이 준우승보다는 우승을 바라는 것이 사실이었다.

선동인 감독은 코치진부터 안전하게 결승만 오르자고 생각하는 현실이 안타깝고 화가 났다.

'결승전에 분명히 미국이 올라올 건데……'

"감독님! 준결승전은 구현진으로 가시죠."

선동인 감독은 고개를 가로저었다.

"자네들 마음은 알겠네. 하지만 내가 처음부터 말했다시피 난 우승하려고 왔지, 결승전에 진출하려고 온 것이 아니야."

그러자 이강칠 수석 코치가 나섰다.

"감독님, 그러다 결승마저 진출하지 못하면 어쩌시려고 그러십니까."

"그건 내가 책임지겠네. 내가 옷을 벗으면 되지 않나."

"감독님, 그런 뜻으로 드린 말씀이 아닙니다."

"이봐, 이 코치!"

"네, 감독님."

"우리 꿈을 크게 가지자고. 지금 모인 대표 팀 선수들은 앞으로 몇 년간 우리 대한민국을 이끌 주역들이야. 그런데 한 경기 올라가는 것이 무슨 소용이 있겠나. 자네들부터가 이렇게 패배의식에 절어 있으면 어쩌자는 거야! 자신감을 주진 못할망정! 할 수 있네. 반드시 할 수 있어! 그러니 구현진을 결승전에 내정하고 준결승에서 최선을 다하세. 힘껏 싸워보는 거야!"

"……."

이강칠 수석 코치와 다른 코치들도 잠시 입을 다물었다. 저렇게 완강하게 나가는 선동인 감독의 의지를 꺾을 수는 없었다.

"알겠습니다."

이강칠 수석 코치도 어쩔 수 없이 고개를 끄덕였다. 결국 구현진이 결승전, 준결승전에는 오른손 에이스 박세웅으로 결론이 났다.

3.

"후우……. 후우……."

경기가 있기 한 시간 전 박세웅은 벤치에 앉아 호흡을 고르고 있었다. 손에는 야구공을 쥔 채 만지작거렸다. 그때 옆에 누군가 앉았다. 박세옹이 고개를 홱 돌렸다.

"너냐?"

박세옹 옆에 앉은 사람은 구현진이었다. 구현진이 히죽 웃으며 말했다.

"선배님! 파이팅입니다!"

"인마, 파이팅이고 자시고, 넌 왜 그렇게 느긋하냐?"

"느긋하긴요. 엄청 떨고 있구만."

"능글맞긴. 왜, 내가 질까 봐 겁나냐?"

"선배님이요? 에이, 설마요. 전혀요. 선배님이 이기실 테니까 다음 결승전이 걱정되어 떠는 거죠."

박세옹의 긴장을 풀어주기 위한 구현진의 말은 확실히 효과가 있었다. 후배의 말을 들은 박세옹은 한 번 크게 웃었다. 그런 뒤 고개를 돌려 그라운드를 바라보았다.

"정말 내가 잘할 것 같냐?"

"당연하죠."

"……어떡하냐? 나 지금 정말 겁나는데. 이대로 점수라도 내주면 나 한국에 못 돌아가겠지?"

"에이, 벌써부터 그런 걱정을 하고 그래요? 자신감을 가지세요."

"그래, 고맙다."

박세옹이 피식 웃었다.

준결승 당일, 1회 초 박세웅은 2점 홈런을 맞고 시작했다. 아직 긴장이 덜 풀린 상태에서 3번 타자에게 맞은 홈런이었다. 그 뒤로도 안타와 볼넷을 내줬지만, 푸에르토리코의 강타선을 상대로 4회까지 실점 없이 막고 있었다.

대한민국의 타선 역시 분발하여 3회 초 1점을 보태 2 대 1로 쫓아가는 점수를 뽑아주었다.

박세웅이 더그아웃으로 돌아와 수건으로 땀을 닦았다. 흐르는 땀만큼 박세웅의 호흡 역시 무척이나 거칠었다.

구현진은 그런 박세웅을 힐끔 보다가 옆에서 장비를 벗고 있는 장만호를 향해 소리쳤다.

"야, 장만호!"

"와?"

"제대로 좀 하자!"

구현진은 만만한 장만호를 닦달했다. 장만호는 장비를 벗다가 구현진을 바라보며 고개를 갸웃했다.

"뜬금없이 뭔 소리고?"

그러자 고개를 돌린 구현진인 인상을 썼다.

"얀마, 이럴 때 함 쳐서 한 건 해야지! TV 보고 응원하고 있을 마누라한테 멋진 모습 보여줘야 할 거 아니냐! 어? 왜 그렇게 힘을 못 써?"

장만호가 눈을 크게 떴다.

"이, 인마 갑자기 왜 이러노. 니, 뭐 잘못 먹었나?"

"잘못 먹긴 개뿔. 우리가 여기서 그만둬야겠냐? 너 여기서 한국으로 돌아갈 거야? 우승해서 니 애한테 자랑스러운 아빠 모습 보여줘야 할 거 아냐!"

"……."

비록 장만호에게 하는 말이었지만, 모든 대표 팀 선수가 그 말을 들을 수 있었다. TV를 통해 자신들을 응원하고 있을 가족을 위해, 또 대한민국 대표 팀을 위해, 거리에 모여 응원하고 있을 모든 야구 팬을 위해 그리고 우승이라는 명예를 가질 자신을 위해.

각자 받아들이는 방식을 달랐지만, 고등학교 때부터 배터리를 이뤄온 두 선수의 대화를 들으며 각자 마음속에서부터 무엇인가가 끓어오르는 것을 느꼈다.

"대한민국을 결승전으로 이끌어보고 싶지 않냐?"

"그게 맘처럼 되냐?"

장만호가 시무룩하게 대답했다. 구현진이 장만호에게 바짝 붙었다.

"팀에 힘이 되고 싶지."

"그래."

"안타 치고 싶지."

"당연하지."

"그럼 이번 타석 때 저 녀석의 초구를 노려!"

"뭐?"

장만호가 눈을 번쩍 떴다.

"뭔 소리야?"

"내가 쭉 지켜보니까 저 녀석, 초구는 대부분 포심만 던지더라. 특히 네가 나오면 거의 한복판으로. 한마디로 네가 빠른 공은 못 칠 거라고 무시하는 거라고."

구현진의 말에 장만호의 인상이 와락 일그러졌다.

"야, 사실 한복판은 아니었어."

장만호가 작게 말했다.

"아니긴 뭐가 아니야. 거의 한복판이더만! 나는 눈 감고도 치겠다. 타자가 되어서 그거 하나 못 치나?"

구현진이 장만호의 성질을 팍팍 긁었다.

"아, 씨바. 너 두고 봐. 내 치고 만다."

"그래, 인마. 안타 하나 치고 와. 무시당하고 가만있을 거냐? 초구를 노려. 방망이 타이밍을 조금 빨리 가져가고, 앞에 두고 친다는 생각으로 휘둘러. 네가 생각하는 것보다 조금 더 빨리 말이야."

구현진의 말에 장만호가 고개를 끄덕였다.

"……알았어."

구현진은 납득하고 타석으로 향하는 장만호를 보고 씩 하고 웃었다.

"초구에 포심 패스트볼이 들어올 거야. 딱 그것만 노려. 그걸 놓치면 다시는 기회 없어!"

"알았다고!"

장만호가 헬멧을 꾹 눌러쓰고 타석에 섰다.

'초구를 노리라고 했지. 포인트를 좀 더 앞에 두고.'

그리고 장만호는 구현진이 예상했던 대로 날아오는 초구를 보고 강하게 휘둘렀다.

딱!

방망이에 전해지는 감촉이 좋았다.

"됐어!"

장만호는 날아가는 공을 뚫어져라 바라보았다. 중견수와 우익수 중간을 가르는 우중월 2루타였다. 장만호는 2루에 가볍게 슬라이딩을 하며 베이스를 밟았다. 그리고 대한민국 더그아웃을 향해 두 손가락을 가리켰다.

"야, 봤냐? 봤어? 2루타를 쳤어. 내가!"

그러자 구현진이 고함을 질렀다.

"거 봐! 내가 뭐라고 했냐! 초구를 노리라고 했잖아, 자식아!

잘했다!"

두 사람은 서로를 보며 환호했다. 장만호의 2루타로 1사 2루가 되었다. 구현진, 장만호 배터리뿐만 아니라 대한민국 대표팀의 분위기 역시 급격히 고조되었다.

그와 반대로 푸에르토리코의 선발 투수인 세스 루고는 모자를 만지작거리며 마운드를 스파이크로 팟팟 때렸다.

"제기랄!"

세스 루고는 어딘지 모르게 흔들렸다. 결국 그다음 타자를 볼넷으로 내보내고 말았다. 베이스 상황은 1사 1, 2루. 게다가 폭투까지 나오며 주자들이 한 베이스씩 이동했다.

그다음 터져 나온 2루타 때 대한민국 대표 팀의 주자 두 명이 홈을 밟았고, 다시 우익수 앞 안타가 터져 나왔다. 또다시 주자가 들어와 대한민국은 6회에만 3점을 뽑아냈다.

순식간에 4 대 2로 역전한 대한민국의 기세가 급격히 올라갔다. 반면 푸에르토리코의 더그아웃 분위기는 좋지 않았다.

박세웅은 6회까지 2점만을 내주고 마운드를 불펜 쪽으로 넘겼다.

"수고했어."

"고생했어."

"잘 막아주었다! 이제 좀 쉬어!"

"선배님 최고!"

구현진 역시 양손 엄지를 올리며 박세웅에게 보여주었다. 박세웅은 그제야 얼굴에 미소가 피어올랐다.

그 뒤로 7, 8, 9회를 불펜 투수들이 무실점으로 막아내 드디어 대한민국이 결승전에 진출하게 되었다. 선수들은 서로 얼싸안으며 기뻐했다. 선동인 감독과 코칭스태프 역시 기쁨을 만끽했다.

그리고 팀의 주장인 구자욱이 자그마한 태극기를 들고 마운드에 섰다. 마운드의 투구판 쪽에 태극기를 꽂았다. 그 순간 주위에 있던 선수들이 환호성을 질렀다.

"우오오오오!"

아직 우승도 하지 않았지만 선수들은 기뻤다. 2회 때 준우승한 이후로 오랜만에 오른 결승전이었다. 게다가 다저스타디움의 마운드에 태극기를 꽂은 것 역시 몇 년 만인지 몰랐다.

선수들이 기뻐하며 즐거워하고 있을 때, 다른 한편에 구현진이 있었다. 초반에 선수들과 함께 기쁨을 나누다가 슬그머니 빠져나왔다. 그리고 기뻐하는 대표 팀 선수들을 보며 구현진이 나직이 속삭였다.

"이제 나만 잘하면 되네."

4.

2021년 3월 23일.

2021년 월드 베이스볼 클래식, 대망의 결승전이 벌어졌다. 다저스타디움에는 이미 많은 관중이 빼곡하게 들어차 있었다. 무려 5만 6천 명 정도 수용할 수 있는 다저스타디움의 표는 이미 매진되었다.

대부분 미국을 응원하는 자국민들이었다. 그런 한편에 태극기를 흔들고 있는 교민들이 약 200명 정도 보였다.

그 시간, 대한민국에서는 아버지와 아카네가 TV를 보고 있었다. 아카네는 경기 시작 전, 두 손을 모으며 기도를 올렸다.

'오빠 잘하세요.'

혼조 역시 스프링캠프 도중 숙소에서 동료들과 함께 TV를 시청했다.

'잘해라, 파이팅이야!'

그때 양 팀의 국가가 불려졌다. 카메라가 이동하며 구현진의 모습을 찍었다.

그리고 곧바로 플레이볼이 선언되었다. 1회 초, 대한민국의 1번 타자가 방망이를 돌리며 타석에 들어섰다.

-오늘 미국의 투수는 클루이 세일입니다. 지난 사이영 상 후보 2위에 올랐던 투수죠. 구현진과 강속구 맞대결을 펼칠 것

같습니다.

-메이저리그에서도 몇 번 만난 적이 있어요. 3번 만나서 3번 다 구현진이 승리했죠.

-네, 맞습니다. 오늘 클루이 세일은 이를 갈고 나왔을 겁니다.

-지난 대회 우승국 미국! WBC 처음으로 우승에 도전하는 대한민국. 어느 쪽이든 양보 없는 싸움이 곧 벌어지려고 하고 있습니다.

클루이 세일은 초반부터 대한민국 타자들을 강하게 압박했다. 주심의 광활존이 한몫했다. 특히 스트라이크 하단과 타자 바깥쪽 사이드에 스트라이크존을 후하게 쳐주어 양 팀의 선발 투수들은 공을 정말 쉽게 던졌다.

반면, 타자들은 죽을 쒔다. 대한민국 타자들도 그렇고, 미국 타자들도 어이없어하기도 하고 주심에게 불평하는 장면도 나왔다.

하지만 양 팀에 똑같이 적용된 공정한 광활존이라 크게 항의하는 장면 없이 경기가 이어졌다. 그 결과 경기는 5회 말까지 특별한 위험 없이 무난하게 이어졌다.

그리고 대한민국의 6회 공격이 시작되었다. 선두타자로 나선 7번 타자 하주식이 안타로 1루에 나간 후 장만호가 내야 땅볼로 하주식을 2루까지 진루시켰다.

그런데 크리스 세일의 폭투가 나오면서 하주식이 3루까지 내달렸다. 그때 문제가 발생했다. 미국 대표 팀 포수 얀센이 그만 공의 위치를 빨리 알아채지 못하고 추가 진루를 허용한 것이었다. 그것을 막지 못하고 실책이 되면서 대한민국은 천금과 같은 득점을 할 수 있었다.

1점을 득점한 대한민국이 6회에 이르러 드디어 앞서기 시작했다. 구현진은 1점을 득점하자 박수를 치며 좋아했다.

"좋았어. 바로 이거야!"

그리고 후속 타자를 처리한 클루이 세일이 잔뜩 인상을 찌푸린 채 더그아웃으로 향했다. 반면 선취점을 올린 대한민국의 발걸음은 가벼웠다. 구현진은 전광판에 찍힌 1점을 보고 회심의 미소를 지었다.

"이제 됐어."

구현진이 목에 두른 타올을 휙 던지면서 튕기듯 앞으로 뛰쳐나갔다.

"다녀오겠습니다!"

그 한마디를 내뱉은 뒤 구현진은 9회까지 단 한 명의 주자도 내보내지 않았다. 구현진의 날이었다. 그의 날카로운 공에 미국 대표 팀의 방망이는 좀처럼 힘을 쓸 수 없었다.

결국 구현진은 마지막 아웃카운트를 남기고 미국의 3번 타자 윌 마이어를 상대했다. 2스트라이크 2볼인 상황에서 구현진은 바깥쪽 하단, 무릎 위를 스치듯 지나가는 포심 패스트볼을 던졌다.

퍼엉!

그 순간 주심의 손이 올라가며 힘차게 외쳤다.

"스트라이크! 아웃!"

"이겼다!"

구현진이 두 팔을 들며 소리쳤다. 장만호가 마스크를 벗으며 구현진에게 뛰어갔다. 그리고 두 사람은 서로를 부둥켜안으며 소리쳤다.

"우리가 이겼다고!"

"구현진! 너 인마!"

뒤에서 내야수들이 달려왔다. 더그아웃에 있던 선수들 역시 뛰쳐나왔다. 선수들은 그라운드 가운데에서 서로를 부둥켜안으며 승리를 만끽했다.

이날 구현진은 9이닝 12K 무사사구 2피안타 무실점. 107구 완봉승을 거두었다.

43장

더 높은 곳을 향해

I.

이로써 2021년 월드 베이스볼 클래식 우승은 대한민국이 차지했다. 선동인 감독은 코칭스태프들과 악수를 나누며 승리를 자축했다.

주장 구자옥이 또다시 자그마한 태극기를 들고 마운드로 향했다. 그 뒤를 선수들 역시 따랐다. 구자옥이 마운드 위에 태극기를 꽂자 선수들이 너 나 할 것 없이 환호성을 내질렀다.

미국 현지 해설진은 다소 아쉬운 목소리로 말을 했다.

-아, 대한민국이 미국 땅에 태극기를 꽂는군요. 미국 대표팀, 안타깝습니다.

-구현진의 구위가 너무 좋았어요. 타자들이 전혀 손을 대지 못했습니다.

-그나마 다행히 완봉승으로 끝나서 망정이지. 퍼펙트였다면 이 무슨 망신입니까.

-어쨌든 준우승한 것이 어디입니까. 다행으로 생각해야겠죠.

-네, 그렇습니다.

대한민국이 우승 트로피를 올렸다. 모든 선수가 각자 트로피를 한 번씩 들어보았다. 그리고 선동인 감독을 헹가래 치고, 코칭스태프들 역시 한 번씩 축하세례를 받았다.

월드 베이스볼 클래식 MVP는 만장일치로 구현진이 차지했다. 구현진은 인터뷰를 통해 이런 말을 남겼다.

"지금까지 성원해 주신 대한민국 국민 여러분께 감사합니다. 그리고 같이 고생해 주신 감독님, 코치님들, 무엇보다 함께 싸워준 동료들에게 이 영광을 돌립니다."

"구현진 선수에게 태극마크란 무엇입니다."

"저에게 태극마크는 그 무엇과도 바꿀 수 없는 것입니다."

구현진의 인터뷰가 끝나고 선동인 감독에게 질문이 갔다.

"우선 축하드립니다."

"감사합니다."

"오늘 경기 어떻게 보십니까?"

"선수들이 하나로 똘똘 뭉쳐서 정말 잘해주었습니다. 모든 영광은 선수들에게 있습니다."

"정말 역사적인 순간이었습니다. 한 말씀 부탁드립니다."

"말씀 그대로 역사적인 순간입니다. 이 무대에 일조할 수 있었던 것 자체가 영광이었습니다."

"감독님! 아마 예상이 되기는 하지만 대한민국의 국보급 투수였던 감독님이 생각하시는 최고의 후계자는 누구인가요?"

선동인 감독이 피식 웃었다. 기자들은 마지막에 항상 이런 질문을 해왔다. 그럴 때마다 선동인 감독의 대답은 항상 유현진이었다. 그러나 오늘은 달랐다.

"지금, 이 순간에는 당연한 것 아니겠습니까? 나의 후계자는 구현진밖에 없습니다. 비록 던지는 폼만 다를 뿐이지 구현진은 내 전성기 때와 다를 바 없습니다."

선동인 감독이 구현진을 호평했다. 질문한 기자 역시 이미 알고 있는 답변이었다.

"감사합니다. 다시 한번 우승 축하드립니다."

"네, 감사합니다."

이것으로 WBC 월드 베이스볼 클래식의 모든 일정이 마무리되었다.

그날 저녁 구현진은 선수들과 함께 신나는 우승 파티를 열었다. 그리고 그곳에서 간단히 해단식을 한 후 구현진은 곧장 스프링캠프로 날아갔다.

애리조나 스프링캠프에 도착한 첫날 동료들이 뜨겁게 환대해 주었다. 그리고 농담 삼아 '미국전에서 꼭 그렇게 던져야만 했냐'며 핀잔을 주었지만, 그것마저도 구현진은 기분이 좋았다.

비록 일주일이지만 스프링캠프를 마치고 다시 LA로 돌아왔다. 구현진은 스프링캠프 기간 연습보다는 몸을 푸는 데 집중했다.

그리고 곧 있을 시범경기에 맞춰 컨디션을 조절하기로 팀 닥터와 얘기를 끝낸 상황이었다. 구현진이 힘겹게 짐을 들고 집에 들어갔다. 미국으로 먼저 돌아온 아카네가 구현진을 반갑게 맞이했다.

"고생하셨어요."

"어, 아카네? 언제 왔어?"

"오늘 아침에요."

"그래? 전화하지."

"훈련 중이었잖아요. 저 혼자 올 수 있는데요, 뭐."

"그래도……."

구현진은 정말 미안했다. 아카네는 괜찮다며 살짝 웃었다.

"씻고 나오세요."

"알았어."

구현진은 아카네를 보자 힘들었던 것이 한순간에 싹 사라지는 것 같았다.

샤워를 마치고 나온 구현진을 아카네가 맞이했다.

"차라도 줄까요?"

"아니, 이리 와봐."

구현진은 수건을 한 곳에 던져놓고 아카네의 허리를 잡아끌었다.

"어멋! 누가 봐요!"

"보긴 누가 봐? 오랜만에 뽀뽀나 한 번 할까?"

"오빠는…… 능글맞게 왜 이래요."

"뭐가? 뽀뽀 하고 싶어서 그러는데. 이리 와!"

구현진이 아카네의 입술에 자신의 입술에 가까이 가져갔다. 아카네가 눈을 살포시 감았다.

그런데 때마침 구현진의 스마트 폰이 지잉 하고 울렸다.

"아, 타이밍하곤……."

구현진이 약간 신경질적인 반응을 보이며 스마트 폰을 들어 확인했다.

"어? 단장님이 왜?"

구현진은 발신자가 피터 레이놀 단장인 것을 확인하고 놀란 표정을 지었다.

"어서 받아봐요."

아카네가 재촉했다. 구현진이 아카네를 보며 말했다.

"어디 가지 말고 딱 여기 있어!"

"어디 안 가요."

아카네가 미소를 지으며 말했다. 구현진이 곧바로 전화를 받았다.

"네, 구현진입니다."

-아, 구! 접니다. 피터.

"네, 알고 있습니다. 그런데 무슨 일로?"

-오늘 시간 괜찮으십니까? 부인과 함께 저녁 식사라도 하시죠.

"저녁 식사요?"

구현진이 눈을 크게 뜨며 아카네를 바라보았다.

구현진이 단장이 예약한 장소에 도착했다. 동행한 아카네가 아름다운 옷을 입고 차에서 내렸다.

"여기예요?"

"그런가 보네. 들어가자."

"네."

구현진이 아카네와 함께 고급 레스토랑에 들어갔다. 앞에 대기하고 있던 웨이터가 다가왔다.

"예약하셨습니까?"

"혹시 피터 레이놀 씨로……."

"아, 피터 씨 손님이시군요. 절 따라오세요."

웨이터가 환한 얼굴로 내부로 안내했다. 구현진도 이곳에 몇 번 와봤기 때문에 이곳의 음식이 맛있다는 것은 안다. 다만 양이 좀 적었다.

웨이터에게 안내를 받아 자리로 이동하자 피터 레이놀 단장이 구현진과 아카네를 반겼다. 그가 자리에서 일어나 환한 미소로 두 사람을 맞이했다.

"오오, 어서 오시게."

"안녕하세요."

피터 레이놀 단장이 악수를 청했다. 그리고 옆에 있는 아카네를 보며 매너 있게 인사했다.

"반갑워요, 구 부인."

"네, 반갑습니다."

인사를 나누고 자리에 앉았다. 피터 레이놀 단장은 기다리는 동안 와인 한 잔을 마시고 있었다.

"음식을 주문할까요? 아니면 제가?"

"부탁드려요."

"네, 그럼 추천 메뉴로 부탁하고, 와인도 부탁해요."

"네."

웨이터가 인사하고 자리를 떠났다. 세 사람은 음식이 나오기 전까지 일상적인 대화를 나눴다. 대부분은 아카네를 향한 질문이었다.

'미국 생활은 어떠냐? 불편한 점은 없느냐? 필요하면 언제든지 연락하라, 최대한 도움을 주도록 하겠다.'

분위기가 적당히 풀어지자 웨이터가 요리를 가져다주었다. 식사를 시작한 그들은 훌륭한 요리에 감탄하였고 와인을 마시기도 했다. 피터 레이놀 단장이 입을 열었다.

"갑자기 식사하자고 해서 놀랐죠?"

"네, 뭐."

"WBC에서의 활약은 잘 봤어요. 역시 내가 사람 하나는 잘 데려왔구나. 또 한 번 생각했어요."

"감사합니다."

"그런데 좀 살살 던져주시지……."

피터 레이놀 단장이 농담 삼아 한마디 툭 던졌다.

"살살 던질 분위기가 아니어서요."

구현진 역시 그 농담을 받아주었다. 피터 레이놀 단장이 피식 웃었다. 그리고 포크와 나이프를 내려놓고 다시 한번 입을 축였다.

"사실 오늘 구 선수를 보자고 한 것은 다름이 아니라 장기계약 건 때문이에요. 겸사겸사 저녁도 같이 먹고요."

"아, 그러셨구나. 하지만 전 이미 제 생각을 전달 드렸잖아요. 단장님께서도 알겠다고 하셨고요."

"물론 그랬죠. 연봉 조정에 대한 합의도 이미 끝났고요. 하지만 계약은 아직 진행 중입니다. 지금도 늦지 않았어요. 아니, 시즌 중이라도 괜찮아요. 장기 계약 하시죠."

피터 레이놀 단장이 미소를 지으며 말했다.

"그런 건 제 에이전트와 상의하시는 것이……."

구현진이 일단은 경계하였다. 피터 레이놀 단장 역시 이렇게 나올 것이라 예상했다.

"물론 전반적인 조율은 에이전트와 할 것입니다. 하지만 구두 계약만이라도 해주신다면 다리 뻗고 잘 수 있을 것 같습니다. 구현진 선수가 다른 곳으로 갈까 봐 제가 얼마나 초조한지 모르실 겁니다. 또 구현진 선수도 에인절스를 떠나고 싶지 않다고 했잖아요."

"네, 맞아요. 하지만 아직 장기 계약은……."

구현진이 다시 한번 거절 의사를 드러냈다.

"그럼 이번 시즌이 끝나고 장기 계약을 하는 것으로 하죠. 어때요?"

"그건 충분히 생각해 볼 여지가 있습니다."

"좋아요. 올해 못하더라도 지난 계약은 보존해 주도록 하겠습니다."

피터 레이놀 단장이 다시 한번 조건을 내걸었다.

"어차피 올해 잘할 건데 굳이 그러지 않아도 됩니다."

구현진 역시 자신만만하게 말했다. 그런 구현진의 모습에 피터 레이놀 단장이 미소를 지었다.

"아, 그렇군요. 제가 실수를 했습니다. 어쨌든 지난번에 계약서를 보낸 거 확인하셨죠."

"네."

"아마 7년간 1억 7천만 달러였죠? 2안은 10년간 2억 5천만 달러고요."

"아마, 그럴 것입니다."

"지금 연봉 조정으로 통해 1,150만 달러를 받죠? 그럼 장기 계약으로 가면 거기서 350만 달러를 더 추가해 드리겠어요. 1,500만 달러죠."

구현진의 반응을 본 피터 레이놀 단장은 조건을 좀 더 크게 불렀다. 하지만 구현진은 고개를 가로저었다.

"구단에서 절 신경 써주는 것에 대해서는 정말 감사하게 생각합니다. 그러나 예전에도 말씀드렸다시피 올해 정말 얼마나 던질 수 있는지 확인해 보고 싶어요. 정녕 그것 때문이지, 돈 때문은 아닙니다."

"그렇군요……."

피터 레이놀 단장은 약간 실망한 얼굴로 고개를 끄덕였다.

한편, 아카네는 식사를 와중에 들리는 어마어마한 액수에 움찔움찔 놀랐다.

'1억 7천만 달러? 가, 가만 한국 돈으로 환산하면 얼마지?'

아카네는 곧바로 암산해 보았다.

'달러 환율이 지금 1,086원이니까…… 1,847억?'

아카네는 깜짝 놀라고 말았다. 생각보다 너무 어마어마한 금액에 입을 다물지 못했다. 아카네가 놀라고 있는 것도 모르고 구현진은 그녀를 쳐다봤다. 구현진의 눈빛은 마치 '어떻게 하지?'라고 묻는 것 같았다.

하지만 아카네는 대답을 하지 않았다. 그저 미소만 지어 보였다. 이에 구현진이 직접 물어보려고 했다.

"아카네, 어떻게 할까?"

"그냥 오빠가 하고 싶은 것으로 하세요. 전 오빠가 어떤 결정을 내려도 믿고 따를 테니까요."

피터 레이놀 단장은 아카네의 말을 듣고 입가에 미소가 스르륵 번졌다.

'어? 역시 와이프의 말이라면…….'

피터 레이놀 단장은 오늘 구현진을 만날 때 와이프도 함께 부른 것을 신의 한수라 생각했다.

'좋았어. 말하는 것을 보니 얼추 넘어온 것 같은데.'

하지만 아카네를 잘 알고 있는 구현진은 그 말이 이렇게 들렸다.

'오빠를 믿어요. 오빠를 믿어요.'

구현진이 가볍게 고개를 끄덕였다. 그리고 피터 레이놀 단장을 바라보며 말했다.

"잘 알겠습니다. 구단에서 저를 이렇게 생각해 주시고, 배려해 주셔서 감사합니다. 하지만 올해는 그냥 이렇게 가시고 시즌이 끝나고 다시 얘기하시죠. 어쨌든 구단에서 신경 써주신 것은 기억하고 있겠습니다."

"아, 그래요? 알겠습니다. 시즌 중간이라도 언제든지 마음이 바뀌면 말씀해 주세요."

"알겠어요."

그렇게 계약에 관한 얘기는 끝마쳤다. 그 후로는 다시 식사하고, 와인을 마시며 일상적인 얘기를 주고받았다.

구현진과 아카네가 고급 레스토랑을 나섰다. 아카네는 구현진에게 팔짱을 끼며 미소를 지었다. 구현진이 그런 아카네를 보며 말했다.

"나 오늘 어땠어? 잘했어?"

아카네가 엄지를 올렸다.

"네, 아주 잘했어요. 너무 멋져요."

"그래? 그럼 상 줘."

"상? 무슨 상을 줄까요?"

아카네가 실실 웃으며 구현진에게 바짝 붙었다. 그러자 구현진이 힐끔 뒤 건물을 가리켰다.

"이왕 호텔 레스토랑에 왔잖아. 분위기도 낼 겸 여기 올라가는 건 어때?"

"네? 그럼 상이 여기?"

"후후후, 오랜만에 집 말고 호텔에서 분위기 좀 잡아보자 이거지!"

"어멋! 이 사람이 부끄러운 줄도 모르고."

"뭐, 어때! 마누라랑 호텔 가는데 누가 뭐라 그래?"

"에이, 그래도 이건 아니에요. 그냥 집에 가요."

"싫어! 상 준다면서. 좀 쉬다가 나오자."

"집에 가요. 집에서 줄게요. 그것도 아주 찐하게!"

아카네가 눈빛을 도발적으로 바꾸며 말했다. 그러자 구현진이 솔깃했다.

"뭐? 찐하게? 정말이지?"

"그럼요. 제가 거짓말하겠어요?"

아카네가 손으로 입을 가리며 웃었다. 구현진은 의욕이 가득한 상태로 차에 올라탔다.

"타!"

"네."

구현진과 아카네가 탄 차량이 호텔에서 멀어졌다. 오늘따라

밤하늘에 떠 있는 둥근 보름달이 유난히 커 보이는 이유는 무엇일까?

2.

2021년 구현진은 스스로 시험대에 올랐다. 그리고 올해 구현진은 메이저리그 역사상 가장 압도적인 시즌을 보낸 투수로 기록되었다.

시작은 4월 15일 에슬레틱스와의 홈경기부터였다. 구현진은 1회 초부터 압도적인 구위를 자랑하며 레드삭스의 강타선을 잠재웠다.

이날 구현진은 7이닝 무실점 10K로 시즌 초반 스타트를 끊었다. 팀은 작년부터 조금씩 타격감이 오른 호세의 홈런으로 2 대 0 승리를 거두었다.

그다음은 레드삭스와 원정에 등판했다. 레드삭스의 에이스 클루이 세일과의 맞대결이 펼쳐졌다. 지난 WBC에서 구현진에게 패한 클루이 세일은 이번 리그전에서는 절대로 지지 않겠다는 각오로 임했다.

그래서였을까? 클루이 세일의 초반 기세가 심상치 않았다. 에인절스의 타선을 압도했다. 3회까지 4개의 탈삼진을 잡으며 무실점 투구를 펼쳤다.

반면, 구현진은 1회부터 선두타자에게 안타를 맞았다. 다행히 후속 타자에게 병살을 유도하여 막긴 했지만 지난 경기 때처럼 압도적인 투구는 보여주지 못하고 있었다. 그리고 4회 말 또다시 선두타자에게 안타를 맞았다.

혼조가 마운드를 방문했다.

"야, 오늘 공이 왜 이래?"

"그러게, 나도 좀 이상하네. 공이 조금씩 가운데로 몰려."

"삼진 잡으려고 하지 말고 일단 맞혀 잡자. 그러면 감각이 다시 돌아오겠지."

혼조의 조언에 구현진이 고개를 끄덕였다. 혼조의 말대로 구현진은 삼진을 잡는 욕심을 버리고 맞춰 잡았다. 그러자 서서히 구위가 돌아오기 시작했다.

선취점을 뽑은 쪽은 에인절스였다. 혼조의 펜스를 때리는 2루타와 2아웃에서 나온 매니 트라웃의 2루타로 1점을 뽑아냈다. 후속 타자가 터지지 않아 1점에 그쳤지만, 구현진에게는 1점만 있으면 충분했다.

구현진과 클루이 세일이 명품 투수전을 벌인 끝에 3 대 0의 스코어로 경기는 에인절스가 승리하였다.

구현진은 WBC 결승전에 이어 또다시 클루이 세일을 상대로 승리를 거두었다. 7.2이닝 무실점 9K로 호투하며 2연승 가도를 달렸다.

4월 15일 레이스와의 홈경기에 구현진이 등판했다. 이날도 7이닝 1실점 12K로 호투했고, 팀 역시 6회까지 5점을 뽑아내며 구현진의 어깨를 가볍게 해주었다. 이날 승리로 3승을 기록한 구현진은 아메리칸 리그 다승 공동 1위에 올라섰다.

4월 20일 블루제이스와의 원정에 등판한 구현진은 8이닝 13K 1볼넷 무실점이라는 전율의 피칭을 선보였다. 이날도 역시 타선이 받쳐주며 구현진은 깔끔하게 승리를 장식했다. 4연승이었다. 그러나 구현진의 질주는 멈출 줄을 몰랐다.

4월 27일 구현진은 4월 마지막 선발 등판 경기로 양키스를 상대했다. 홈경기에 등판한 구현진은 8이닝 1실점 10K를 기록했다.

하지만 팀 타선이 일본인 투수 마사히로에게 2안타로 꽁꽁 묶이며 구현진은 노디시전을 기록했다. 그렇지만 구현진은 아메리칸 홈런왕 애런 조지와의 대결에서 101mile/h(≒162.5㎞/h)이라는 올해 최고 구속을 찍었다.

구현진은 4월, 5경기에 출전에 4승 무패, 평균자책점 0.48이라는 압도적인 기록을 세웠다. 삼진 역시 54개로 1위를 달리고 있었다. 특히 투수 부분 4월의 MVP를 받는 기염을 토했다.

-4월의 구현진! 기세가 무섭습니다. 마치 내가 바로 구현진

이라고 외치는 듯합니다!

-기록만 봐도 압도적이라고 할 수 있어요. 선발 4연승에 평균자책점 0.48. 도대체 이게 인간이 낼 수 있는 기록입니까? 그것도 세계 최고의 리그에서?

-아무래도 구현진 선수, 올해 일을 벌일 것만 같습니다.

전문가들의 예상대로 구현진의 기세는 5월까지 이어졌다. 5월 2일 오리올스와의 홈경기에 등판하여 8이닝 2실점 11K로 호투했고, 타선 역시 5점을 지원해 주며 시즌 5승째를 신고했다. 이로써 구현진은 현재까지 아메리칸 리그에서 유일하게 패가 없는 투수로 남게 되었다.

5월 7일, 트윈스와의 원정경기에서는 지난 경기 때보다는 다소 아쉬운 경기를 펼쳤다. 초반부터 제구력이 살짝 흔들렸다. 그렇다 보니 투구수 역시 많아져 6이닝 3실점, 10K를 기록했다. 하지만 타선이 폭발하며 선발 전원 안타에 15득점을 기록하며 구현진에게 승리를 챙겨주었다. 이로써 구현진은 7경기에 6승을 기록했다.

5월 13일, 구현진은 레이스와의 홈경기에서 시즌 처음으로 홈런을 맞았다. 그것이 구현진이 내준 유일한 실점이었다. 이날 기록은 7이닝 1실점, 1피홈런, 12K. 팀 타선은 6득점을 지원해 주며 구현진이 승리를 쟁취했다.

5월 19일, 에슬레틱스와의 원정경기에 나섰다. 이 경기에서는 7이닝 무실점 10K를 기록했다. 이날까지 구현진은 7경기 연속 10K라는 기록을 세우고 있었다.

이제 한 경기만 더 10K를 잡으면 클루이 세일이 가지고 있던 기록과 타이를 이루게 되었다. 그리고 거기서 한 경기를 더 잡으면 메이저리그 신기록을 세울 참이었다.

그러나 구현진이 2 대 0으로 앞서고 있는 상황에서 내려온 후 올라간 마무리 투수가 9회 역전 쓰리 런 홈런을 맞아 팀은 패배했다. 결국 구현진은 승리를 챙기지 못했다.

5월 24일 레인전스와 홈경기에 등판했다. 레인저스의 강타선에 구현진은 잠시 고전하는 듯했다. 초반에 3점을 내줬지만 7회에 타선의 지원으로 어렵게 승리를 챙길 수 있었다. 이날 구현진은 7.1이닝 3실점 10K를 기록했다.

8승을 거둔 구현진이 다시 한번 아메리칸 리그 다승 선두를 굳건히 했다.

그리고 5월 30일 화이트삭스를 5월의 마지막 등판에 만났다. 원정경기로 치러진 경기에서 구현진은 메이저리그 신기록을 향해 나아가고 있었다. 이날 역시 삼진 10개를 잡게 되면 9경기 연속 10k라는 대기록을 달성하게 된다.

구현진은 초반부터 기록을 의식했는지 투구가 가운데로 몰렸다. 게다가 처음으로 연속 안타를 맞았다. 무사 1, 2루인 상황에서 혼조가 또다시 마운드에 올랐다.

"야, 뭐야? 설마 기록 의식하고 있었냐?"

"뭐, 생각나기는 했어."

"인마, 그런 걸 의식하고 있으니 투구가 엉망이지. 그냥 맘을 비워."

"어디 그게 쉽나?"

"그래도 비워. 맞으면 맞는 거지. 천하의 구현진이 고작 그 기록 때문에 흔들리냐?"

구현진은 혼조의 한마디에 정신을 차렸다.

"훗! 그렇지? 나 구현진이지?"

"당연하지!"

"알았어, 걱정 마!"

"그래, 믿고 내려간다."

혼조가 다시 자신의 자리로 돌아가고 구현진은 마운드를 내려와 크게 심호흡했다. 그리고 투구판을 다시 밟은 후 힘껏 공을 던졌다.

퍼엉!

"스트라이크!"

이날 구현진은 7이닝 2실점 11K를 기록하며 메이저리그 신기록을 달성했다. 9승을 기록하며 10승까지 1승을 남겼다.

5월 구현진은 6경기에 나서며 5승 무패를 기록했다. 평균자책점은 4월보다 다소 올라간 2.35였으며 현재까지 총 9승 무패, 평균자책점 1.46으로 압도적인 성적을 이어나가고 있었다. 삼진 역시 118개로 메이저리그 전체 1위였다. 구현진은 승수, 평균자책점, 삼진까지 트리플 크라운을 향해 순항 중이었다.

6월 4일, 첫 경기에 등판하기 전 코칭스태프와 선수들은 구현진 곁으로 다가와 농담을 나눴다.

"구! 너무 혼자 해 먹는 거 아냐?"

"내가 뭘?"

"쉬엄쉬엄 좀 하자!"

"그게 어디 내 맘대로 되나? 억울하면 빨리 올라와."

"아악! 얄미워 죽겠네! 내가 다른 건 몰라도 승수는 따라잡고 만다."

"하하, 언제든지 도전하라고."

동료들의 말에 구현진 역시 미소를 지으며 농담을 받아주었다. 하지만 투수코치는 다소 불안했다.

"구, 어디 아픈 곳은 없지?"

"네, 전혀요."

"초반 페이스가 너무 올라가서 말이야. 혹시나 무리해서 던지는 것은 아닌지 걱정이 되네."

"전혀 문제 되지 않아요. 걱정 마세요, 코치님."

"알겠다. 조금이라도 이상이 있으면 바로 알려줘야 한다."

"네, 코치님!"

"그래."

투수코치는 구현진의 어깨를 가볍게 두드리고는 자신의 자리로 갔다. 구현진은 모자와 글러브를 챙겨 그라운드로 향했다. 그리고 이날 구현진은 6이닝 1실점 9K 퀄리티스타트를 기록하며 6월 첫 승을 기록했다.

6월 10일, 레드삭스와의 홈경기에 등판한 구현진은 클루이 세일과 재대결을 벌였다. 이날 7이닝 1실점 8K를 기록한 구현진은 5이닝 3실점 5K를 기록한 클루이 세일과 맞대결에서 우위를 점했다. 팀 타선이 7회에 폭발하여, 에인절스가 11 대 2로 대승을 거두며 구현진 또한 시즌 11승을 거뒀다.

이어 6월 15일, 필리스와의 원정경기에 등판하여 8이닝 1실점 1볼넷 11K로 호투했다. 하지만 팀은 1점만 올리는 것에 그쳤다. 결국 구현진은 노디시전을 기록했다.

구현진은 아메리칸 리그 투수 부분에서 여전히 1위를 기록하고 있었다.

6월 20일, 로열스와의 원정경기에 나선 구현진은 또다시 호투를 이어나갔다. 9이닝 2실점 2볼넷 10K. 팀은 8 대 3으로 대승을 거두며 구현진에게 12승을 안겼다. 구현진의 올해 첫 완투승을 거둔 경기였다.

에인절스는 구현진의 압도적인 구위와 벌랜드, 유현진의 연속 호투로 지구 1위를 유지했으며, 2위와의 승차도 10게임 차로 벌렸다.

게다가 전문가들을 비롯해 대부분의 기자 역시 올 시즌 압도적인 구위를 보이는 구현진을 향해 모두 엄지를 추켜세웠다.

[압도적인 구현진! 아메리칸 리그를 제패하는가.]

[리그 선발 1위, 평균자책점 1위, 삼진 1위. 트리플 크라운을 향해 순항 중.]

[과연 구현진을 막을 자가 나오는가.]

[올 시즌 커리어 하이를 향해 나아가는 구현진!]

[신의 왼손, 전설의 샌드 쿠팩스의 아성에 도전하는 구현진! 과연 그의 기록을 뛰어넘을 것인가?]

매일 이런 기사들이 끊임없이 쏟아졌다. 구현진의 인기 역시 식을 줄 몰랐다. 구단 매점에 들여놓은 구현진의 티셔츠는 하루 만에 완판이 될 정도로 인기 상품이었다.

하지만 구현진의 성적이 좋을수록 수심이 깊어가는 사람이 있었다. 바로 에인절스의 피터 레이놀 단장이었다.

"하아, 이거 참! 구가 잘해도 문제야. 성적이 너무 잘 나와. 도대체 얼마를 준비해야 하는 거야?"

피터 레이놀 단장은 그렇게 말했지만 구현진을 바라보는 그의 입가에서는 미소가 사라지지 않았다.

구현진은 6월 마지막 등판에 나섰다. 트윈스와 홈경기, 마운드에 오른 구현진은 7이닝 동안 1실점 2볼넷. 10K로 호투했다. 그에 힘입은 에인절스는 트윈스를 상대로 4 대 1 승리를 거두었다.

13승 무패 평균자책점 1.46 166K. 6월까지 구현진은 13승 연승을 달리며, 라이브볼 시대(1920년부터) 이후 자뉴 앨런(1937)과 데이브 매널리(1969)가 세운 15연승을 향해 나아갔다.

로켓맨 로저 클래맨이 이 기록에 도전했지만 14승으로 아깝게 놓친 기록이었다. 슈어저 역시 마찬가지. 구현진이 이 대기록을 세울 수 있을지 귀추가 주목되고 있었다.

7월 1일, 캐나다 데이로 각종 행사를 열었던 블루제이스 원정에서 구현진은 7이닝 무실점 1볼넷 11K를 기록하여 팀의 7 대 1 대승을 견인했다. 이로써 시즌 14승.

7월 6일, 전반기 마지막 등판은 레이스와의 원정경기였다. 이날 구현진은 7이닝 1실점 1볼넷 12K를 기록했다. 팀은 불펜의 난조로 3점을 헌납하며 3 대 1로 패배했다. 구현진은 전반기 마지막 경기를 노디시전으로 기록했다.

전반기 18경기에 나선 구현진은 14승 무패 평균자책점 1.37로 마쳤으며, 189탈삼진을 기록하며 2002년 랜디 존슨과 커트니

실링, 2017년 클루이 세일 이후 170탈삼진을 기록한 첫 번째 투수가 되었다. 언론은 구현진을 극찬하기 시작했다.

[괴물 탄생!]

[각성, 구현진! 전반기 최고의 투수!]

[14연승. 15연승을 향한 빠른 행보!]

[사이영 상 압도적인 1순위 후보! 7월까지 기세가 이어져!]

[구현진 올스타 아메리칸 리그 선발 투수로 낙점! 2년 연속 올스타 선발 투수!]

[구현진, 올스타 5이닝 무실점, 10K! 내셔널 리그 타자들을 묵사발 만들고, MVP 차지!]

구현진은 잠깐의 휴식을 마치고, 곧바로 후반기 첫 등판에 나섰다. 7월 15일, 후반기 첫 경기는 양키스전이었다. 이날 구현진은 여전히 압도적인 기량을 과시하며 7.2이닝 동안 무실점 2볼넷 13K로 대단한 피칭을 선보였다.

하지만 불펜의 난조로 승리가 날아가고 팀은 13회 끝내기 홈런을 맞고 패배했다. 구현진의 15연승 대기록은 다음으로 미루어졌다.

7월 21일, 구현진은 레드삭스와의 원정경기에 등판했다. 이날 구현진은 15연승 최다 선발 연승 타이를 눈앞에 두고 있었다. 결국 팬들의 기대에 부응한 구현진은 6이닝 동안 무실점 12K를 기록했고, 시즌 20경기 만에 200K를 달성해 버렸다. 팀 타선도 빅이닝으로 구현진을 지원하며 15승을 거두게 해주었다.

7월 26일, 매리너스 원정에 등판하여 7이닝 무실점 11K를 기록했고, 4 대 0으로 승리했다. 이날 구현진은 당당히 16연승을 기록하며 한 시즌 최다선발 연승 기록을 갈아치웠다. 게다가 다스, 평균자책점, 탈삼진 부분에서 모두 압도적인 1위를 기록하고 있어서, 이대로 간다면 트리플 크라운 달성은 무난할 듯 보였다.

8월 1일, 인디언스전에서는 구현진이 처음으로 무너졌다. 5이닝 5실점 5K를 기록했다. 16연승을 기록한 탓일까? 아니면 긴장감이 무너져서일까? 오늘의 구현진은 예전의 구현진이 아니었다. 안타도 쉽게 내주고, 볼넷도 남발했다. 무엇보다 구속조차 나오지 않았다.

선발 16연승 이후 첫 패배를 한 구현진은 16승 1패 평균자책점 1.43을 기록했다. 하지만 그 누구도 구현진이 이대로 무너지리라고는 생각하지 않았다.

8월 첫 경기를 패배로 장식했던 구현진은 8일 레이스와의 경기에서 완벽하게 부활했다. 8이닝 무실점 1볼넷 13K로 또다시 상대 타자들을 윽박지르며 지난번 경기에서의 부진을 말끔히 씻어냈다. 에인절스는 2 대 0으로 승리를 거두었고 구현진은 시즌 17승을 기록했다.

그 기세를 이어, 19일 양키스와의 홈경기에서 7이닝 1실점 10K를 기록하며 또 승리를 거두었다.

8월 24일, 인디언스 원정에서는 9이닝 무실점 완봉승을 거두었다. 탈삼진 역시 16K를 기록하며 올해 가장 많은 탈삼진을 잡았다.

9월 들어서 구현진은 손가락 물집이 잡히며 조금 주춤했다. 하지만 꾸준히 7이닝을 던져주었고, 평균자책점 역시 1.47을 기록했다.

8월 말부터 9월 15일까지 총 5경기에서 3승을 기록한 구현진은 22승, 1.46의 평균자책점, 304K의 삼진을 기록하였다.

그 결과 2002년 랜디 존슨 이후 19년 만에 시즌 탈삼진 300개를 넘기는 선수가 되었다. 아메리칸 리그에서 구현진은 독보적인 선수였다. 모든 선발 투수 중에서 압도적으로 앞섰기 때문에 일찌감치 사이영 상을 탔다고 봐야 했다. 기자들 모두 엄지를 올리며 말했다.

[이대로만 간다면 구현진이 사이영 상을 받는 것은 당연.]

모두 한목소리를 내고 있었다. 구현진 역시 사이영 상을 타고 싶었다. 그 의지가 그에게 힘이 되었다.

9월 20일, 구현진은 오리올스 원정에서 8이닝 무실점 13K로 시즌 23승을 기록했다.

그리고 9월 26일, 구현진은 시즌 마지막 경기에 나섰다. 블루제이스와의 홈경기에서 8이닝 1실점 15K를 기록한 구현진은 한 시즌 동안 총 24승을 거두며 마지막까지 화려하게 장식했다.

팀 역시 지구 우승을 확정 지으며 아메리칸 디비전 시리즈 1차전을 준비했다.

구현진의 2021년 시즌 성적은 다음과 같았다.

32경기 24승 1패 평균자책점 1.44 328K.

완투 1경기와 완봉 1경기.

구현진의 9이닝당 삼진율은 12.8

9이닝당 삼진율은 메이저리그 역사를 통틀어 4위에 달하는 엄청난 수치였다.

이처럼 구현진은 그 누구도 흠잡을 수 없는 완벽한 시즌을 보냈다. 이제 포스트 시즌을 잘 보내고 팀을 2연속 월드 시리즈에 우승시킨다면 구현진의 값어치는 어마어마해질 거라 전망되었다.

구현진은 홀로 밖에 나와 있었다. 이제 내일부터는 인디언스와 디비전 시리즈를 치러야 했다. 1차전 선발로 낙점된 구현진은 약간의 떨림이 있었다.

"오늘따라 달이 참 밝네."

구현진은 밤하늘을 올려다보며 중얼거렸다.

침대에 잠을 자고 있던 아카네가 움직였다. 그녀의 팔이 구현진이 누워 있던 자리를 더듬었다. 아무것도 느껴지지 않자 그녀가 눈을 떴다. 상체를 일으킨 아카네가 두리번거렸다.

"오빠?"

구현진의 모습이 보이지 않았다. 아카네는 침대에서 나와 가운을 걸치고 구현진을 찾아 나섰다. 곧 테라스에서 구현진을 발견했다.

"오빠."

아카네가 부르자 구현진을 돌아보았다.

"왜 일어났어?"

"오빠가 옆에 없어서요."

아카네가 구현진 옆에 가서 섰다. 두 사람은 하늘 높이 떠 있는 보름달을 바라보았다.

"달이 참 밝네요."

"응."

구현진의 대답을 들은 아카네가 구현진을 바라보았다.

"무슨 고민 있어요?"

"아니, 그냥 올 시즌을 한번 쭉 생각해 봤어. 후회는 없었나, 최선을 다했나 뭐, 그런."

"그래서요?"

"나도 나름대로 열심히 했구나 생각했지."

구현진의 말에 아카네 역시 고개를 가볍게 끄덕였다.

"네, 맞아요. 오빠는 열심히 했어요. 전 항상 믿고 있었거든요. 언제나 오빠는 최고라는 것을요."

"항상 믿어줘서 고마워."

"고맙긴요. 지금도 그렇지만 앞으로도 전 오빠를 믿으니까요."

아카네가 팔짱을 끼며 살며시 구현진의 어깨에 머리를 기댔다. 그런 아카네를 보며 구현진 역시 미소를 지었다. 그리고 팔을 빼내 살며시 아카네를 안아주었다. 아카네가 구현진 품에 안겨들었다.

3.

에인절스 대 인디언스의 디비전 시리즈 1차전이 밝아왔다. 양 팀 다 긴장된 분위기 속에서 그라운드에 나와 몸을 풀었다. 구현진이 나와 가볍게 토스를 하며 어깨를 풀었다.

팬들이 하나둘 자리를 차지하기 시작했고, 미국 현지 해설진은 이미 경기를 전망하고 있었다.

-아메리칸 리그 디비전 1차전. 에인절스 대 인디언스 경기가 곧 펼쳐지겠습니다. 경기 전망은 어떻게 보십니까.

-전반기의 압도적인 피칭과 후반기 손가락 물집에도 불구하고 24승을 올린 구현진 선수. 19년 만에 300탈삼진을 넘기면서 이제 명실상부한 진정한 메이저리그 탑 클래스로 자리 잡았습니다. 하지만 인디언스의 에이스 클루버 역시 만만치 않은 선수죠. 2017년 사이영 상 수상자이며 여전히 그 클래스를 유지하고 있습니다.

-지난 시즌 구현진 선수는 팀이 월드 시리즈에 우승하는데 큰 공헌을 했죠. 포스트 시즌이며, 월드 시리즈까지 나서며 팀에 승리를 안겼습니다.

-클루버 역시 많은 포스트 시즌 경험을 가지고 있어요. 다만 아쉬운 것은 클루버의 나이입니다. 시즌 후반기에 들면서 구속 저하가 있었습니다. 과연 그것이 이번 디비전 시리즈에서는 어떤 변수로 찾아올지 궁금합니다.

기선 제압은 에인절스가 먼저 했다. 구현진이 삼자범퇴로 1회 초를 장식한 가운데 1회 말, 에인절스의 타자들이 백투백 홈런을 때리며 앞서 나갔다. 인디언스 역시 2회 초 2사 1, 2루의 기회를 잡았다.

하지만 1루 주자가 3루에서 주루사를 당하는 바람에 이닝이 종료되며 흐름이 끊어졌다. 그나마 1루 주자가 아웃되기 이전, 2루 주자가 홈으로 먼저 들어오며 추격의 점수는 얻어냈다.

이후 클루버도 어느 정도 안정을 찾아가는 사이, 인디언스는 4회 초 로리 펀드의 2루타와 사이언의 안타로 다시 무사 1, 3루의 찬스를 잡았다.

하지만 그래이먼이 팝플라이로 물러나고 데이빗의 희생플라이로 동점을 만든 것으로 만족해야 했다.

그리고 최대 승부처였던 4회 말, 에인절스는 1아웃 이후 혼조의 2루타로 득점권 찬스를 잡았다. 그다음 타자 와이밍의 안타성 타구를 브래든이 다이빙 캐치해 내며 2사 2루가 된 듯 보였다.

그런데 마이크 오노 감독이 곧바로 비디오 판독을 요청했다. 브랜든의 다이빙 캐치 때 공이 바운드 후에 글러브 안으로 들어갔다고 본 것이었다. 곧바로 비디오 판독이 들어갔고, 브랜든의 글러브 앞에서 공이 원 바운드가 되었다는 것이 밝혀

져서 안타로 번복되었다.

이걸로 1사 1, 2루가 되면서, 결국 와이어가 좌익수 플라이로 물러나면서 2사 1, 2루가 되었다.

이 상황에서 에인절스의 프랜차이즈 스타 매니 트라웃이 나왔다. 그가 결승 2타점 적시 2루타를 날리며 에인절스가 4 대 2로 앞서가는 리드를 잡았다.

이후 구현진에게 위기가 찾아왔지만, 특유의 위기관리 능력으로 병살타를 유도, 투구수를 줄여가며 마운드를 지켜 나갔다.

그러는 사이 에인절스의 타선은 5회 말 솔로 홈런을 터뜨렸고, 6회 말 2루타와 볼넷으로 무사 1, 2루를 만들어 클루버를 마운드에서 물러나게 만들었다.

그 뒤에 오른 구원 투수 조니에게 혼조가 2타점 적시타를 치며 스코어는 7 대 2로 벌어져 사실상 승패가 갈렸다. 7회 초부터 에인절스의 불펜진이 남은 3이닝을 무실점으로 막으며 경기가 종료되었다. 이로써 디비전 1차전은 에인절스의 승리로 돌아갔다.

하지만 비록 구현진이 승리는 거두었지만 시즌에 보여줬던 압도적인 구위와는 다소 차이가 있어 보였다.

그다음 날 2차전은 벨랜드가 나왔다. 1회 말부터 선제 투 런 포로 기선을 제압한 에인절스는 이번에도 인디언스의 투수들을 두들겼다.

2회 초 인디언스가 1점 따라붙었지만 3회 말 곧바로 홈런을 쏘아내며 다시 달아났다.

한편, 인디언스는 선발 투수를 내린 후 곧바로 구원 투수가 올라와 3이닝 무실점으로 에인절스의 타선을 잠재우며 기회를 노렸지만, 그것도 잠시뿐이었다.

7회 말 다시 에인절스의 타선이 깨어났다. 에인절스는 7회 말 공격에서 안타와 몸에 맞는 공으로 만들어진 1사 1, 3루 찬스를 잡았다. 그런데 여기서 푸욜이 짧은 외야 플레이를 쳤는데 인디언스의 우익수가 송구를 하려다 공을 빠뜨리는 실책을 저질렀다.

이때 치명적인 추가점을 헌납하고 말았다. 이후 인디언스는 스스로 무너졌다. 다음 타자를 고의사구로 내보냈지만 곧바로 2타점 2루타와 적시타로 7회 말에만 4점을 잃으며 승부는 완벽히 에인절스에게 향했다. 특히 오늘 호세는 홈런 포함 4타점 경기를 펼치며 팀 승리에 주역이 되었다.

에인절스의 선발 저스틴 벌랜드는 타선의 든든한 지원을 바탕으로 6이닝 1실점으로 호투했다. 이러한 벌랜드의 호투와 타선의 힘으로 에인절스는 2승을 먼저 선점했다.

한편 인디언스는 선발진들이 일찍 무너지며 에인절스 타선에 뭇매를 맞았다. 시리즈 스윕 위기에 봉착하고 만 것이다.

3차전 역시 에인절스의 날이었다. 총력전을 펼치겠다는 의지를 다졌던 인디언스는 초반부터 무너졌다.

유현진이 특유의 제구력 바탕으로 인디언스의 타선을 봉합하는 사이 에인절스의 타자들은 맹폭을 퍼부었다.

결국, 일찌감치 무너진 인디언스는 별다른 힘도 써보지 못하고 패하고 말았다. 시리즈 스윕을 당한 인디언스는 고개를 떨어뜨린 채 이번 시즌을 마감했다.

에인절스는 시즌 동안 이어온 상승세를 디비전 시리즈까지 이어갔다. 그리고 챔피언십에서 역시 로얄즈를 맞이해 4승 1패로 무너뜨리고 월드 시리즈에 올랐다.

구현진은 디비전 시리즈부터 챔피언십까지 총 3번을 등판해 모두 승리로 가져오는 기염을 토했다.

그리고 대망의 월드 시리즈는 컵스와의 대전이었다. 컵스 역시 다시 월드 시리즈 패권을 차지하기 위해 힘을 냈다. 챔피언십 시리즈에서 다저스를 꺾는 파란을 일으키며 월드 시리즈에 진출한 것이다.

에인절스는 구현진, 벌랜드로 이어지는 리그 최강의 원투펀치와 최강의 3선발 유현진을 보유했고, 컵스 역시 강력한 타선을 자랑했다. 창과 방패 대결의 승자는 역시 에인절스였다.

챔피언십 시리즈에서 너무도 큰 힘을 썼던 탓일까. 월드 시리즈 진출 후 강력했던 컵스의 핵 타선은 온데간데없었다. 그야말로 무기력함을 보여주며 에인절스에게 연달아 4패를 하며 스윕을 당했다.

2021년 월드 시리즈 우승은 또다시 에인절스에게로 돌아갔다. 월드 시리즈 MVP는 역시 구현진이었다. 그렇게 에인절스는 월드 시리즈 2연패를 달성하며 뜨거웠던 2021년 메이저리그는 막을 내렸다.

어느덧 시간은 흘러 11월 중순이 되었다.

"현진아, 준비 다 했어?"

"네, 형."

박동희가 밖에서 대기하고 있다가 소리쳤다.

"나 이제 가봐야 해."

"잠시만요."

아카네는 구현진의 목에 걸린 나비넥타이를 다시 만져주었다. 그리고 가볍게 키스하며 말했다.

"잘 다녀와요."

"그래."

구현진은 미소를 지으며 집을 나섰다. 밖에는 구현진을 데려갈 차가 이미 와 있었다.

"늦었다. 서두르자."

박동희의 재촉에 구현진의 걸음이 빨라졌다. 뒤이어 따라온 아카네도 끝까지 지켜보았다.

"잘 다녀오세요."

"알았어."

두 사람은 다시 한번 뜨거운 키스를 나눴다. 차에서 그 모습을 지켜보는 박동희가 고개를 절레절레 흔들었다.

"아직도 신혼이구먼. 신혼이야!"

구현진이 차에 올라탔다. 곧바로 차를 몰기 시작한 박동희가 구현진에게 물었다.

"떨리지 않냐?"

"전혀요."

"왜? 확실하게 네가 받을 것을 알아서?"

"에이, 그건 아니고요. 그냥 맘을 비웠다고 해야 할까요?"

"마음을 비워? 왜? 이건 딱 봐도 100% 받는 각인데."

"상을 손에 쥐어야 확실한 거죠."

"그걸 손에 쥐어봐야 아나? 이미 다 끝난 건데. 이번 년에 너만큼 압도적인 피칭을 한 투수가 어디 있어? 뭐, 기자들이 바보 등신이 아닌 이상."

박동희의 말에 구현진은 그저 웃기만 했다. 그렇게 약 1시간을 달려 목적지에 도착했다. 밖은 이미 팬들과 기자들로 가득했다.

"우와, 사람 많다!"

"저 사람들이 다 널 보러 왔을걸?"

"에이, 설마요."

"설마는 무슨……. 아무튼 준비 다 됐지?"

"네."

"오케이, 내리자."

구현진이 차에서 내리자 곧바로 수많은 카메라 플래시가 터졌다. 눈을 멀게 할 정도의 플래시에도 구현진은 미소를 잃지 않았다. 팬들의 환호성에 손을 흔들어주며 추운 날씨에도 여기까지 와준 것에 화답했다.

구현진은 계단을 밟고 사이영 상 발표가 있을 건물로 올라갔다. 포토존에서 다시 한번 사진을 찍고, 간단한 인터뷰를 받았다.

"안녕하세요, 구 선수!"

"네, 안녕하세요."

"이번 사이영 상 후보 1순위입니다. 사이영 상 받을 수 있을까요?"

"뭐, 전 충분히 자격이 있다고 봅니다. 다만 기자분들께서 절 좋아하실지 의문이지만요."

구현진은 농담까지 곁들이며 인터뷰를 했다.

"기자분들께서 좋아하지 않을 거라고 했는데, 어째서죠?"

"올해는 경기에 집중하느라 제대로 된 인터뷰에 응하지 않았거든요. 아마 서운해할 수도 있지 않을까요?"

"설마, 그럴까요. 오늘 기대해도 좋을 것 같습니다."

"감사합니다."

구현진은 간단하게 인터뷰를 마친 후 회장 안으로 들어갔다. 회장 안에는 수많은 사람이 있었다. 메이저리그의 스타플레이어는 모두 나와 있었다.

안내자를 따라 구현진 역시 자리로 이동했다. 그리고 곧바로 시상식이 시작되었다. 사회자가 올라오고 각 분야별 최고상을 발표했다. 그리고 사이영 상 후보자들을 발표했다.

"메이저리그 최고의 투수에게 주어지는 사이영 상! 그 후보자들을 지금 만나보시겠습니다."

사회자의 말과 함께 영상이 나왔다. 후보자들의 영상이 약 2분간 나왔다. 그리고 곧바로 사회자가 마이크를 잡았다.

"메이저리그 사무국에서는 내셔널 리그와 아메리칸 리그 최고의 투수에게 수여하는 사이영 상 후보 3명을 각 리그별로 선정해 발표했습니다. 먼저 내셔널 리그 후보부터 만나 보시겠습니다."

-내셔널 리그에선 토드 헨드릭스(컵스), 맥스 슈어저(내셔널스), 크리이트 커쇼(다저스)가 사이영 상 후보에 오르는 영광을 안았다.

-첫 번째 헨드릭스는 190이닝을 던져 16승 8패 평균자책 2.13으로 커리어 최고의 시즌을 보냈다. 특히 평균자책점 부분에서 1위에 올랐다.

-내셔널스의 선발 맥스 슈어저는 노장임에도 불구하고 여전히 많은 이닝을 투구했다. 202.2이닝을 던져 19승 5패 평균자책 2.44로 뛰어난 성적을 거뒀다.

-마지막으로 커쇼는 228.1이닝을 던져 20승 5패 평균자책 2.56으로 뛰어난 실력을 선보였다. 특히 이닝, 다승, 탈삼진(284) 부문에서 모두 1위를 차지했다.

-아메리칸 리그에서는 구현진(에인절스), 코니 클루버(인디언스), 클루니 세일(레드삭스)가 사이영 상 후보에 오르는 영광을 안았다.

-에인절스의 구현진은 아메리칸 다승왕, 평균자책점, 탈삼진왕까지 트리플 크라운을 이룬 명실상부한 최강의 에이스다. 32경기 동안 24승 1패 평균자책점 1.44 328K를 기록했다.

-인디언스의 선발 투수 클루버는 215이닝 동안 18승 9패 평균자책 3.14를 기록하며 팀의 지구 우승에 큰 공헌을 했다.

-레드삭스의 클루니 세일 탈삼진 254개로 리그에서 구현진 다음으로 가장 많은 탈삼진을 잡아내며 227.2이닝을 던져 16승 9패 평균자책 3.04를 기록했다.

모든 영상이 끝이 나고, 사회자가 마이크를 잡았다.

"이제부터 각 기자단의 투표를 통한 발표가 있겠습니다. 사이영 상은 기자단의 투표로 시행되는데요. 1위 7점, 2위부터 5위는 각각 4, 3, 2, 1점으로 투표가 진행됩니다. 만약 공동 1위가 2명 이상일 경우에는 추가 투표 없이 공동으로 수상하게 됩니다. 자, 그럼 수상자를 발표하겠습니다."

긴장감이 최고조로 올라갔다. 그리고 곧바로 사회자의 발표가 이어졌다.

"먼저 내셔널리그 사이영 상 수상자는 다저스의 클라이튼 커쇼입니다."

수상자로 발표된 커쇼가 자리에서 일어나 앞으로 나갔다. 회장에 있는 수많은 팬의 박수를 받으며 섰다. 그리고 사이영 상을 받은 후 간단한 소감을 전했다.

"감사합니다. 앞으로도 최선을 다해 던지도록 하겠습니다."

간단하면서도 심플한 답변이었다. 사회자가 마이크를 받았다.

"소감 한번 간단합니다. 그럼 곧바로 아메리칸 리그 수상자를 발표하겠습니다. 수상자는…… 에인절스의 구현진!"

구현진이 호명되는 순간 회장 안에는 떠나갈 듯한 함성이 들려왔다.

""구현진! 구현진! 구현진!""

올 시즌 최고의 선수! 리그를 압도한 괴물 투수! 그 어떤 수식어를 앞에 가져다 붙여도 어울리는 최고의 시즌을 보냈다. 그런 구현진이 사이영 상을 받았다.

"곧바로 소감을 들어보도록 하겠습니다."

구현진이 마이크 앞에 섰다. 환호성을 보내던 팬들은 쥐죽은 듯 조용했다. 구현진은 잠시 입을 다문 채 사이영 상을 바라보았다. 그리고 미소를 지으며 천천히 입을 열었다.

"사실 올해 에인절스와 장기 계약을 하지 않은 것에 대해 많이들 걱정하셨을 겁니다. 지금 이 자리를 빌려 걱정을 끼쳐서 정말 죄송하다는 말씀을 올립니다."

그때 팬 한 명이 소리쳤다.

"괜찮아요! 멋져요!"

그 소리가 조용하던 회장 안에 울려 퍼졌다. 선수들의 입가에 미소가 피식 새어 나왔다. 구현진 역시 그 팬들 향해 말했다.

"감사합니다."

구현진은 잠시 말을 끊었다가 이어갔다.

"올 시즌 저는 스스로를 입증해 보고 싶었습니다. 최고는 아니지만, 최선을 다해 던졌어요. 그리고 시즌이 끝났을 때 저는 나름 만족할 만한 성과를 얻어냈다고 생각했습니다. 이 정도면 제가 에인절스의 에이스로…… 에인절스 팬분들의 기억 속에 오랫동안 남아 있어도 될 것 같다는 결론을 얻었습니다."

"와아아아아!"

"구현진! 구현진! 구현진!"

또다시 회장 안이 떠나갈 듯한 함성과 구현진을 연호하는 목소리가 울려 퍼졌다.

"구! 영원한 에인절스 선수로 남아줘요!"

한 팬의 목소리가 또다시 뚜렷하게 들려왔다. 구현진의 입가로 미소가 번졌다.

"아무래도 전 그 말을 기다렸는지 모르겠습니다. 아마 지금 손에 들고 있는 이 트로피를 받고 나니, 내가 선수로서 어느 정도 목표를 이뤘다는 생각이 듭니다. 아, 이제 에인절스 선수로 영원히 남을 수 있겠구나 하고요. 그래서 말씀드리겠습니다. 저의 다음 목표는 에인절스의 프랜차이즈 스타로 남는 것입니다."

"와아아아아!"

"대애애애박!"

"역시 구현진이다! 난 널 믿고 있었어!"

"최고다, 구현진!"

에인절스의 몇몇 팬이 환호성을 지르며 연호했다.

구현진은 고개를 돌려 TV 카메라를 바라보았다. 그리고 강한 눈빛을 말했다.

"에인절스의 답변을 기다리겠습니다."

그 한마디를 끝으로 구현진은 인사한 뒤 단상을 내려왔다.

그 장면을 TV 화면으로 본 피터 레이놀 단장은 헛웃음을 흘렸다.

"허허, 우리 팀에 남겠다고 하니 좋기는 한데…… 도대체 얼마를 줘야 하지?"

피터 레이놀 단장은 머리가 좀 아프면서도 입가에는 미소가 스르륵 번졌다. 그렇게 에인절스와 구현진의 연봉 전쟁 3라운드가 시작되려 하고 있었다.

To Be Continued

Wish Books

흙수저 판타지 장편소설

회귀자 사용설명서

어느 날, 이세계로 소환되었다.

짐승들이 쏟아지고, 믿을 수 없는 위기가 닥쳐오나.
가지고있는 재능은 밑바닥.

[플레이어의 재능수치는 최하입니다.]
[거의 모든 수치가 절망적입니다.]

선택받은 용사든, 재능 있는 마법사든,
시간을 역행한 회귀자든.
모든 것을 이용해야 한다.

살아남기 위해.

"쓰레기면 뭐 어떻습니까. 살아남기 위해서
뭔 짓인들 못 하겠어요?"

백수귀족 판타지 장편소설

Wish Books

바바리안 퀘스트

하늘산맥은 영혼들의 쉼터였고,
산 자는 하늘산맥을 올라선 안 된다.
모두가 그리 믿고 있었다.

"너는 위대한 전사가 될 거다, 유릭."

촉망받는 부족전사 유릭은 하늘산맥을 넘었고,
그곳에서 스스로를 문명인이라 칭하는 사람들과 마주한다.

『바바리안 퀘스트』

야만인 유릭이 문명세계로 간다.